緋《ひ》を纏《まと》う黄金竜

「狩られたのは俺ってことか」

呟いたフェイツランドの顔が近づいて来る。

エイプリルは静かに瞼を閉じた。

緋《ひ》を纏《まと》う黄《おう》金《ごん》竜《りゅう》

朝《あさ》霞《か》月《つき》子《こ》

ILLUSTRATION：ひたき

緋を纏う黄金竜

LYNX ROMANCE

CONTENTS

緋を纏う黄金竜

シルヴェストロ国王城内にある騎士団の朝は早い。夜勤や日勤、早番など、昼夜を問わず動いているせいもあるのだが、武力に優れていることを最大の褒め言葉とする国にあって、暢気《のんき》に惰眠を貪る怠惰な騎士はほぼいないと言ってよい。

自主的な訓練として、早朝稽古は騎士団の中では珍しくもない光景だった。任務や課せられた義務ではないから、必ずしも出なくてはいけないということはないのだが、その日の都合や気分により、三十から五十程度の人数で集団を作り、武器を手に鍛錬に励む姿を騎士団敷地内で見ることが出来る。

普段はあまり間近にすることのない古参や力のある騎士から直接指導を受けられることもあって、特に若い騎士たちは極力参加するようにしていた。むしろ、大きな集団でまとまって行う訓練よりも、熱が入っているかもしれない。地べたや床に転がされ、時に全身に打ち身を作ることはあっても、それすら喜びに変えてしまうのだ。力を第一に考えるシルヴェストロ国ならではである。

弱さを己の課題にし、より高みに到達出来るよう技能を磨き、訓練に励む。

これがシルヴェストロ国騎士団の極々一般的な朝の風景だ。

そしてその中には、陽に当てれば透けてしまいそうな薄い金髪と空色の瞳をした小柄な少年も混じっていた。

ルイン国第二王子、エイプリル・キサ＝ルインである。貧しいルイン国の糧に少しでもなればと、およそ王子らしからぬ理由でシルヴェストロ国に出稼ぎと称してやって来た少年は、今はすっかり騎士団の雰囲気にも慣れ、その存在を溶け込ませていた。

シルヴェストロ国騎士団長の従僕、簡単に言えば世話係がエイプリルに課せられた主な役目だが、戦場も経験し、最近では少しだけ――ほんの少しだけ騎士らしくなって来たというのが、周囲の感想でもある。

騎士団長からは坊主と呼ばれ、第二師団長からは坊やと呼ばれ、日々逞《たくま》しく成長しつつ――していればいいなという本人の希望――曲者揃《くせものぞろ》いの騎士たちに囲まれ、エイプリルの毎日は過ぎて行く。

パシャッという水音が気持ちよく耳に響くのを聞きながら、エイプリルは顔を上げた。水に濡れた顔はひんやりと冷たく、先ほどまでの稽古で火照った顔を冷やすのに役立ってくれた。水を含んで少し褐色になった金髪は、今はぺったりと上げられて、白い額が露《あら》わになっている。

「気持ちいい……」

思わずそんな声が漏れてしまうのは、今日はなかなかに有意義な時間を過ごせたと思ったからだ。

素振り七百回。これはエイプリルが自分に与えた課題だ。まだ少年らしい細い腕は、あまり重い剣を扱うことは出来ない。適性を考慮して、身の丈にあった剣を作って貰《もら》っているが、腕力は大事。重い剣を振り回すことは出来なくても、自分の持っている剣を長時間振り続けることが出来る腕力はあった方がいい。

そのために、今日やっと下から三番目に重い稽古用の木剣の素振りを、途中に休憩を挟むことなく完遂することが出来たのだ。しかも、団長が予想した期日より二日も早く達成出来た。これを喜ばずしてなんとしようか。

「賭けに勝ったんだから、団長は何を食べさせてくれるかな」

今頃はまだベッドの中で惰眠を貪っているだろう男の顔を思い出し、エイプリルはクスクスと小さな笑みを零《こぼ》した。

木剣。真剣を使う稽古もあるが、エイプリルたちのようにまだ若い騎士たちの多くは、自主稽古では木剣を使う。刃を潰した剣もあるにはあるのだが、正規の訓練と違って、歯止めになるのが自制と理性だけの自主稽古では、熱が入ると喧嘩《けんか》のような試合にまで発展することもある。

大抵は気づいた年嵩《としかさ》の騎士が間に入って事なきを得るが、中には手加減せずに本気でやり合った結果、全治二週間や三週間の怪我《けが》を負う事態にまで発展することもある。特に血気盛んな若い騎士にそれが頻出した結果、指導者が付き添っていない一対一での場合には、木剣を使うのが暗黙の了解とされている。

この木剣、形や大きさだけでなく重さまで千差万別で、最大重量を持つものになると軽い練習用の真剣でも折れることすらある。たかが木剣と侮るなかれ、ということだ。たとえどんな武器だろうと扱いには気を配ることが騎士には求められており、それは真剣以外にも適用される。

武具の手入れを怠って、武器庫の主と呼ばれる武具全般の管理担当ジャンニ＝ビンスーティに叱責と処罰を与えられる騎士は少なくはない。ジャンニだけでなく、武具の手入れを怠ることは、自分の寿命を縮めることだと、先輩騎士たちは口を酸っぱくして言う。

ベルトや留め具の一つにまで気を配ること。それは騎士団に入って最初に学ぶことでもあった。生真面目なエイプリルは手入れや確認を怠ったことはないが、慣れが生じると手を抜くことを覚える者もおり、それが原因で作戦失敗や怪我などに繋《つな》がった場合には、最悪騎士団除名にまで至るという。

ちゃらんぽらんなのに、真面目で強い。

それがエイプリルがシルヴェストロ国騎士団で暮らす間に持った感想だ。大陸に名を馳《は》せる騎士団を構成する主だった人々とは親しく言葉を交わす間柄だが、彼らの為人《ひととなり》を知るにつけ、その思いは募るばかり。要するに、普段と戦場での落差があまりにも激しいのだ。

世話係を買って出てくれて、未だにあれこれと話をすることの多い第二師団長マリスヴォスに言わせれば、

「えー？　だって、普段から気合い入れてたら本番で力抜けちゃうよ」

ということらしい。

騎士が本領発揮する戦場は仕事場だから真面目に戦うが、それ以外ではほどほどでいいんだよと赤毛の男は軽やかに笑って言った。

「だからさ、坊やももっと力抜きなよ。朝の練習に一生懸命過ぎて、昼前の緊急出動で使い物にならない、なんてことになったら目も当てられないでしょ」

稽古を真面目にするのはいいが、力の入れ所を間違えるなということらしいのだが、未熟なエイプリルは加減して力を抜くということが上手に出来ない。

今のように手の指に力が入らない状態なのは、マリスヴォス曰《いわ》く「下手くそ」の部類に入るのだろう。例えば、暴漢に背後から襲われたとして、咄嗟《とっさ》に剣を持って戦えるかというと、長くは状態を維持出来ないという結論がすぐに導き出される。

一撃を与えることが出来るくらいの力、増援が来るまで耐えられるほどの体力を温存する。

頭でわかっていても、なかなか実行に移すのは難しい。

「今みたいに力が入らないのは駄目なんだろうな」

エイプリルは自分の手を見つめ、溜息《ためいき》をついた。

フェイツランドやノーラヒルデなど幹部並などという夢は抱いていないが、千回の素振りは楽にこなせ

るようになりたいと思う。

「すぐには無理だろうけど」

だがいつかはもっと体力と腕力をつけ、戦場を走る緋色《ひいろ》のマントの側にありたい。

戦は嫌いだ。だが、騎士である以上避けて通ることが出来ない戦いがあるという経験もした。それならば少しでも大事な人たちが傷つけられることがないよう力をつけたいと思う。エイプリルだって騎士だ。足手纏《あしでまと》いにも置いてきぼりにもされたくない。

真っ白で手ざわりのいい手拭いで顔と手足を拭いたエイプリルは、食事時に間に合うようにもう一仕事終えるため、官舎に向かって歩き出した。

同じように朝稽古をしていた騎士たちのほとんどは、早めの食事にありつくべく食堂に向かっていて、先ほどまでの賑《にぎ》やかな熱気は既に霧散してしまっている。

「急がなくちゃ」

かなり広さのある食堂だが、腹を空《す》かせた騎士たちが同じ時間帯に押し掛ければ、席を取るのも一苦労することがある。

幸いと言っては他の騎士に悪いとは思うが、今朝は団長のフェイツランドが一緒の予定だ。座ることは確約されているようなもので、座席の心配はしていないが、肝心のフェイツランドを起こすのに掛かる手間を考えれば、溜息もつきたくなるというもの。

「本当にもう……。もう少し自主的に早起きすればいいのに」

いつもはエイプリルが自分の朝食を取った後で起こすのだが、フェイツランドは昨日夜遅くに三日間の外回りから戻ったばかりで、今日は午前の間に城に行く用事があるとかで、

「早めに起こせ」

と言われていた。毎回起こすのに苦労するエイプリルにしてみれば、余裕を持って自分で起きればい

いのにと思うのだが、口にしたところで「お前は俺の世話係だろ」の一言で黙らされてしまうのがオチだ。

それ以上言えば、物理的に口を塞ぎに掛かられるのはまず間違いない。

「もうちょっと手が掛からなかったら楽なんだけどなあ」

呟《つぶや》いたところで状況が変わるわけもない。

本部一階奥の食堂に向かう騎士たちとすれ違い、挨拶を交わしながらエイプリルは宿舎に向かって足を速めた。

と、その時である。

「あれ？」

本部の入り口の前で、見慣れた若者が事務の腕章をつけた男と話をしているのが目に入った。

エイプリルには羨ましい長身と、ほどよい筋肉のついた体、前髪を少し立たせた短髪は、同じ平騎士のヤーゴだ。早朝の稽古にも来ていたのを知っていたのだが、素振りをしていたエイプリルとは違う組で、盾と槍《やり》を使った重装備訓練をしていたのは横目で見ていた。ヤーゴくらい上背と力があれば、重い甲冑《かっちゅう》や銅の盾でも楽だなあと内心羨みながら眺めていたのだから、間違いない。

その後は、先輩らしき騎士たちに片づけを頼まれたのか、武具を纏めているところまでは確認している。

最近になってよくヤーゴに話し掛けているのを見かけるその騎士たちの顔は、何となく覚えていた。中心は、いつも同じ貴族の取り巻きと一緒にいる金褐色の長髪の体の大きな平騎士だ。エイプリルはまだ直接一緒の組で任務に当たったことがないため、どんな人物なのかわからないが、いつも堂々と胸を張っている姿は、確かに「貴族」らしいと思っていた。

（名前はええと、ハッカー……なんとかさんだっけ。あれもどうなのかなあ）

　自分たちが練習で使った武具の片づけを他の騎士にさせる。たとえ稽古用の武器であっても大切に扱うよう日頃から口にしているジャンニが見かけたら、眉を吊《つ》り上げそうだ。

　ヤーゴが何も言わず、騎士たちも急ぎ足で離れたからもしかすると彼らには用事があったのかもしれないと、その時は自分を納得させたのだが。

　その後、エイプリルが自分の道具を片づけて顔を洗っている間にヤーゴの姿が見えなくなったため、既に食堂に向かったのだとばかり思っていた。

（何の用事なんだろう？）

　ヤーゴと事務方という組合せが珍しく、エイプリルは足を止めて二人の様子を観察していた。給料日にはまだ遠い。備品関係の話なら、窓口に赴くのが普通だ。本部の外で立ち話をしていることから、ヤーゴが事務所を訪れたというよりも、事務の男がヤーゴを見つけて呼び止めたと考えるのが妥当なところだろう。

　気になっていますという顔で見ているのも悪く、エイプリルはさりげなく本部前の掲示板の前に立ち、そこに貼られている連絡事項を眺めながら、なにげなさを装ってこっそりと二人の様子を見ていた。

　穏やかな感じでヤーゴと話をしていた事務方は、最後に書きつけのような小さな紙片を渡して、肩を叩《たた》いて本部の中に戻って行った。

（何かな、あの紙）

　気になる。いや、ただの紙なら連絡用に渡しただけだと思うのだが、事務方がいなくなってそこに目を落としたヤーゴの表情は、一転して険しくなっていたからだ。

（よくないことでもあったのかな？）

　実に気になる。掲示板を見ながら、しかしヤーゴも気になるエイプリルの態度は、傍《はた》から見れば十分に不審なものだった。当然、ヤーゴの方もエイプリルに気づくのだが、出来るだけ見ないようにと努めているつもりのエイプリルは、それに気がつかない。

だから、

「おい」

後ろから思い切り背中を叩かれて、思わず「けほっ」と声が出てしまった。

「な……っ」

抗議しようと振り返ったエイプリルの空色の瞳に映ったのは、腕組みして自分を見下ろすヤーゴで、さすがにこれは気まずいと俯《うつむ》いた。

だが、そんなエイプリルの誤魔化《ごまか》しもヤーゴには丸わかりだ。エイプリルがヤーゴに気づいたように、目立つ薄い金色の髪はしっかりとヤーゴの視界にも留められていたのだ。

しかも、

「お前、見てただろう」

直球で断言され、否定の言葉すら封じられてしまう。

「あの、ごめんなさい」

エイプリルは素直に頭を下げた。見ていたことは事実で、誤魔化す方が余計やましいことがあると申告しているようなものだと気づいたからだ。元より、やましいところはないのだから、そうするしかない。

「通り掛かったらヤーゴ君が見えたから、何してるのかなと思って。事務の人と話すなんて珍しいから」

俯いたエイプリルの目は、ヤーゴが手にしたままの紙片に落とされていた。ちらりと見えたのは、いかにもその場で書きましたというような走り書きの文字で、さっきのヤーゴの表情から想像するに緊急性のあるものではないだろうかと思ったエイプリルは、思い切って顔を上げて尋ねた。

「あの、事務の人がヤーゴ君を慰めている風に見えたんだけど、何かあったんですか？」

尋ねてから「しまった」と思ったのは、ヤーゴがそれはもう苦い表情になったのを見てしまったからだ。

「お前なあ……」

それはもう大きな溜息をついたヤーゴだが、その顔は怒っているというよりは呆《あき》れているように見える。

「……別にいいけどな。隠れてこそこそするような話じゃないんだし」

言ってヤーゴは、手に持つ紙片を軽く振って見せた。

「家の者からの伝言を預かってくれてたんだ」

「家って、道場の？」

「ああ。門下生っていうか、まあ親父の手伝いをしてくれてる人だな。今朝方、城の門番に預けられていたのを、あの人が預かって、宿舎に持って行こうとしたところで俺がちょうど通り掛かったってわけだ」

エイプリルは「なるほど」と大きく頷《うなず》いた。シルヴェストロ国王城の門番の頑固さと厳しさは、身をもって体験しているのだ。王子の身分を告げても通して貰えなかったのだから、一般の国民が中に入れて貰えるわけがない。

「門番は実家の道場の出身で、俺の顔と名前――ヤーゴ＝キュラールってのを覚えてくれていたのが大きいだろうな。まあ、城の門を潜《くぐ》るたびに顔を合わせてりゃ覚えもするだろうけど」

それにもエイプリルは大きく頷いた。以前にエイプリルを文字通り門前払いした門番二人は、正式に騎士になったエイプリルが馬に跨《また》がって外に出た時に、何とも言えない微妙な表情をしていた。しまったというか、いたたまれないというか、それよりも「そんなまさか」と言いたげな顔に、少しだけ愉快な気持ちになったものである。

「門番に預けるくらいだから急ぎの用事ですか？」

気楽に尋ねたエイプリルだったが、ヤーゴは小さく眉を寄せ、肩を竦《すく》めた。

「急ぎってわけでもないな。親父が怪我をしたってだけだから」

言った方は何でもないという感じだったが、エイプリルの方はそういうわけにはいかない。

「怪我！　それって大変じゃないですか！」

空色の瞳を大きく見開いてヤーゴを見つめる。ルイン国に遠く離れて暮らす家族のことがいつだって心の多くを占めているエイプリルからすれば、自分の父親が怪我をしたという事実にも、さほど悲しんでいる様子のないヤーゴの態度は、信じられないものだった。

「早く帰らなきゃ！」

「あのなあ」

ヤーゴはやれやれというように、腰に手を当て、今にも駆け出して行きそうなエイプリルを見下ろした。

「お前が慌ててどうすんだよ」

「だって」

「俺の実家の家業知ってるだろ？　剣術道場だぞ？　怪我なんて日常茶飯事だ」

「でも、怪我は怪我です。わざわざ家の人が報《しら》せに来たくらいだから、大変なんじゃないですか？」

エイプリルが知っている限りでは、ヤーゴの父親は道場の師範を務め、門下生や弟子が何人も住み込みで働いていたはずだ。

「いや、親父からは怪我をしたから道場の指導は師範代にしばらく任せるっていうのと、誰かから耳に入るかもしれないが気にするなっていう言付けだけだ」

本当だろうかという疑問が顔に浮かんでいたのか、

ヤーゴは自分が持っていた紙片を、

「ほらよ」

と軽い調子でエイプリルの手の上に落とした。

「そこにちゃんと書かれてるだろ」

「……本当だ」

「これくらいでいちいち実家に戻ってたら、体が幾つあっても足りないぞ。俺の場合はたまたま実家がシベリウスにあるから連絡がすぐに来ただけで、家族の病気や怪我の連絡が来ない場合の方が多いんだからな」

「あ……それもそうですね……」

風邪を引いた、足を捻挫《ねんざ》した、指の骨を折ったなど、怪我の程度も軽重様々だが、生死に関わりがない限り、遠方からわざわざ日数を掛けてまで連絡を飛ばすことはないはずだ。もしも、急ぎの伝令や配達人が来たとすれば、その時は緊急事態だと思っていい。


「お前だって、この間ひっくり返った時に足を捻《ひね》ったのをわざわざルインにまで知らせなかっただろ？」

「え、あれ？　ヤーゴ君も知ってたんだ」

エイプリルは目を丸く見開いた。

「同じ稽古場にいたからな。しこたま打ち込まれてたもんな。ひっくり返るのも仕方ない。お前みたいな軽量が、重量のある相手と打ち合うには工夫が必要だな」

「どんな工夫がいいと思いますか？」

「……ああ、それはだな、団長に教えて貰え。俺じゃたぶんうまく伝えられない」

どうしても体重差の関係で、同じ盾を構えての練習でも小柄なエイプリルは、大きな相手と一緒になった時に跳ね飛ばされてしまうことが多い。自分なりに重心を低くしたり、小回りを利かせたりと工夫しているのだが、あまり成果は上がっていない。

エイプリルはまだベッドに寝ているであろう男の

顔を、再び思い浮かべた。

「武器が僕に合ってないっていうのは前に団長やマリスヴォスさんに言われました。だから、弓以外の武器を使う時には、出来るだけ馴染《なじ》みやすいのを使ってるつもりなんですけど」

だが、それでも重量級を相手にすれば跳ね飛ばされてしまうのだから、同じ武器装備で臨むのがそもその間違いなのだ。これが日頃から相手をしてくれるマリスヴォスやフェイツランドなら、エイプリルが力を伸ばせるよう導いてくれるのだろうが、当番で回って来る指導担当の騎士や稽古の相方を務める騎士にそこまでの配慮を求めるほど、エイプリルも他の新人騎士たちも厚顔無恥ではない。確かに優れた指導騎士は的確な指導をしてくれるが、普段は痣《あざ》や打ち身を作るのが当たり前の打ち合いが普通だ。

エイプリルはそれでもいいと思っている。実戦で自分が対する敵すべてが、自分の都合がいい相手であろうはずがないと知っているからだ。

むしろ、小柄なエイプリルは敵にとっては討ち取りやすい相手に映っているはずだ。

「町道場でも似たようなもんだ。多少の怪我は当たり前の世界だし、それくらいでいちいち文句言うような奴は滅多《めった》にいやしない」

滅多にという言葉に少し力を乗せたヤーゴの顔を見て、エイプリルはぱちりと瞬《まばた》きした。道場に通っていた貴族から難癖をつけられたという、以前ヤーゴから聞いた話を思い出したのだ。

強くなるため、騎士になるために道場に通っているのに、おかしなことを言うとエイプリルも思ったものだ。意図して行ったのでない限り、稽古途上での負傷はあるものという意識で臨むのが正しい姿なのだと思っている。だからこそ、シルヴェストロ国騎士団では、傷つけることが目的の故意の手合いには、厳しい罰が与えられる。よくて謹慎降格、悪くすれば騎士団規に則《のっと》り、罪人として処刑されることもあるという。

　最初にそれを聞いた時には驚いたが、そこまでしてもまだ完全には芽が摘まれないというのだから、それこそ信じられなかった。

「今までだって親父が怪我をしたことは何度もあったからな。今回だけが特別ってわけじゃない。前に実家に顔を出した時にも最近肩がどうのって言ってたから、それのせいかもな」

「そうなんですか」

「まあ、実家はすぐ側なんだし、非番の時にでも顔を出してみるさ」

「是非そうしてください」

「ああ」

　気にはなったが、これ以上詮索するのも気が引ける。

　それで、

「お父様には無理なさらないように伝えてくださいね」

　という定型文を口にしたのだが、その瞬間、ヤーゴはぷっと吹き出した。

「お、お父様……って……うちの親はそんな大層なもんじゃねえぞ」

「大層だろうがそうじゃなかろうが、ヤーゴ君のお身内の方でしょう？　他に何て言えばいいんですか？　お父上？　おじ様？」

「おまっ……それ……」

　エイプリルは真面目に尋ねたつもりだが、ヤーゴは腹を押さえて笑い続けるばかり。やっと収まったヤーゴの目尻には涙が小さく浮かんでいた。

「あー笑った笑った。そうだったな、お前、王子様だったもんな」

「ええ？　王子とかそんなの関係なくないですか？」

「普通はそこまで丁寧な言い方しねえよ」

ヤーゴは笑いながらエイプリルの肩に手を乗せた。

「わかった。ちょうど今日の午後、町の見回り当番なんだ。非番の日まで顔を出す気はなかったんだが、ちょっと寄ってみる。それでお前の言葉をそのまま伝えて来るぜ」

その時の父親の反応が楽しみだと笑い続けるヤーゴに、エイプリルも同じように笑顔になる。嫌われていると思っていた時から比べれば、かなり親しさが増した。まだ十七歳のエイプリルは騎士団では一番の年下で、ほとんどが二十歳を超えている若手の騎士たちとは、身分のこともあってあまり親しく交流を持たないいため、気楽に話せる相手がいるのは、純粋に嬉《うれ》しくもあるからだ。

「早く治るといいですね」

「ああ。俺は一度宿舎に戻ってから飯食いに行くけど、お前はどうすんだ？　行くなら席取っておいて貰えると有難いんだが」

いいですよ、と言い掛けて、エイプリルはハッとした。

「忘れてた！　僕、団長を起こさなきゃいけなかった！」

驚いて大きな声を出したエイプリルに、

「はぁっ!?　お前、早く行けよ！」

というヤーゴの大声がすぐに重ねられた。

「それ、一番重要な役目じゃないか！」

「え？　あ、そうなの……かな？」

「当たり前だろ！　団長だぞ！　黄金竜だぞ！　俺たち騎士が一番優先しなきゃいけない団長を、おまっ……なにのんびり立ち話なんかしてるんだよ！」

叫ぶなり、肩を摑《つか》まれて第一宿舎の方に押し出される。

「あ、あのヤーゴ君……」

「いいからさっさと行けって！　あ、そうだエイプリル。俺と話していたから遅れたなんて言うんじゃゃねえぞ」

「団長それくらいで怒らないと思いますよ」

しかしヤーゴは険しい表情で首を振る。

「お前と話していただけでも危うい立場なのに、引き留めたのが俺だって知られたら……」

何を想像したのか、ヤーゴは自分の肩を抱いてブルリと体を震わせた。

(寝起きは悪いけど、別に怒らないと思うけどなあ)

遅く起こす分には文句は言われないと思うのだ。

そもそも、フェイツランドが自分でさっさと起きれば、エイプリルだって部屋に戻る必要がなく早く朝食にありつけるのだから、ヤーゴに責められるのも理不尽だと思う。

しかし、団長を盲目的に尊敬しているヤーゴには、恐らく言っても通じないだろうというのも、ぐいぐい押す腕の力強さや剣幕から想像できる。

(団長には後で文句言わなきゃ)

内心で溜息をつきつつエイプリルは、歩きながら後ろを振り返った。

「ヤーゴ君のことは言わないから安心してください」

「そこはしっかり頼む」

「はい」

結局ヤーゴは第一宿舎の玄関までエイプリルを送って、自分の宿舎に駆けて行った。

「団長、起きてればいいんだけど」

宿舎の廊下はシンと静まり返っていて、早足で歩くエイプリルの靴音だけが響いていた。朝稽古に出ていなかった騎士もほとんどが食堂に向かっただろうし、残りは夜勤明けで寝ているか、出張で首都を離れているかどちらかだ。

エイプリルとフェイツランドが共同生活を送る騎士団長の部屋の扉の前で耳を澄ませたが、やはり中からは何の音も聞こえない。

(やっぱりね……)

そっと扉を開けたエイプリルは、静かな室内に入って溜息をつき、気を取り直して寝室に足を向けた。思った通りというか案の定、寝台には両手足を広げて行儀悪く寝ている大柄な男の姿があった。

（……ヤーゴ君……こんな姿を見てもそれでも尊敬出来るって言う？）

顔には無精髭《ぶしょうひげ》、上半身は裸で、半分落ちかけた掛布団の間から見事な胸板が覗いている。

昨日の夜に会った時には出張で疲れているだろうと小言は飲み込んだが、城に行く前には身だしなみをきちんと整えさせる必要がある。

エイプリルは気合いを入れて、ベッドの脇に立ち、フェイツランドの名を呼んだ。

「団長。団長、起きてください。朝ですよ。もう朝ご飯の時間ですよ」

しかし、耳も口元もぴくりとも動かない。

「団長、ねえ団長ってば」

ゆさゆさと腕を揺すると口元は動くが瞼《まぶた》が開く気配はない。

「……もう、これだから嫌なのに」

一回で起きればいい方で、体を揺すり、ペチペチと腕や頬を叩き、布団を剝ぎ取って、ようやく起き出すのがいつものフェイツランドだ。城にいる時でもそうなのだから、疲れて帰って来た後は、本当に苦労する。

不動王とも呼ばれるフェイツランドは、基本的に騎士団本部や首都から動かない。動けばそれだけで、戦の前触れかと勘繰る人々が多いからだと本人が笑って教えてくれたように、一挙手一投足が注目されていると言ってよい。

しかし、団長だからと言って何も仕事をしないでいるわけにもいかず――この辺りは、副長のノーラヒルデの功績が大きい――近場や周辺への出張は、ひと月に一度くらいはそれなりにある。一団を連れて行けば大事《おおごと》だからと、これまた首都から連れ出すのは通常時の半分の十五人編成の小隊のみで、果たしてそれで役目をこなせるのかと最初の頃は疑問に思ったものだ。

フェイツランドの動向が絶えず注視されていることを考えれば、それもまた致し方ないとも言えるのだが。

「本当に起きないよね、団長。戦の時とかどうしてるんだろう」

独りごちたエイプリルは、布団を一気に剝ぎ取り、寝台の上に膝を乗り上げてフェイツランドの体をぐいと引っ張った。寝ている人間を起こすには、もうこれしかない。

「これで起きなかったら、床に、落としますから、ねっ」

力が入っていない体ほど重いものはない。腕をつかんで少し引き上げて、それから肩に手を乗せて引っ張って——。

ようやく上半身を起こせたエイプリルは、ふうと大きく息を吐き出した。もうすっかりと寝台に上がり込んでいるエイプリルの肩口には、フェイツランドの銅色の髪がふさふさと当たっている。

「ほら、団長」

そのまま背中を叩けば、ぺちっというとてもよい音がした。

「汗かいてるし」

拭いてやった方がいいのだろうかと一瞬考えたが、病人でもなんでもないのにどうして自分がそこまでしなきゃいけないのかと思い直す。

「もう、本当にどこまで世話掛けさせるんだろう、この人……」

自分の腹も空いて来た。これだけやって起きないなら、もう放置でもいいのではないかと考えた時、

「うひゃっ……！」

首筋にそよ風のような息が吹き掛けられ、エイプリルは思い切り首を竦めた。

そうして目線を下に落とせば、震えている背中と、ククㇰという押し殺したような笑い。

「団長？　起きてるんですか？」

「ああ、今目が覚めた。お前の悲鳴、可愛《かわい》いな」

「なっ……！」

笑いながらフェイツランドが話すたび、首に掛かる吐息がくすぐったく、エイプリルは離れようと体を逸《そ》らした。

しかし、

「この状態で俺がお前を離すと思うか？」

いつの間にか背中に回されていた腕に抱き締められてしまう。反論する間もなく、大きな手はエイプリルの背中をさわさわと撫《な》でる。その指先の動きの何とも言えず微妙なこと。

くすぐったいのが半分と残りの半分は、明らかに艶を含んだ言葉を投げ掛けているようにしか思えない。実際、フェイツランドはそのつもりで動かしているのだ。まだ服の上からだからよいようなものの、この悪戯《いたずら》な手が中に潜り込んで来たとしたら、エイプリルは逆らえるかどうか自信はまるでない。

エイプリルよりもよほど色事に通じているフェイツランドに、それがわからないはずがない。二十歳という年齢差以上に、経験の差はいとも簡単にエイプリルをフェイツランドの思うままにしてしまうのだ。

「だ、団長、駄目ですよ。ご飯食べに行かなきゃ」

「飯の一回くらい抜いたって俺は別に構わねえぞ」

相変わらず首に顔を埋《うず》めたまま囁《ささや》くように言う。

「団長が構わなくても僕が構います。朝稽古に行って、もうお腹が空いてたまらないんですって」

「だから、お前の腹の中をいっぱいにしてやればいいんだろう？」

俺で、と低い声が耳に直接吹き込まれ、エイプリルは腰から力が抜けそうになってしまった。

（それ、反則です……）

恐らく、見えない顔は真っ赤に染まっているはずだ。

「ああ、お前の匂いがする」

スンと鼻先が首に触れ、エイプリルのどきどきは止まらない。

「団長、だめ。僕、汗かいてるし」

「今更だな。お前の汗も涙も血の味だって全部覚えてる。もちろん、あそこのやつもな」

「……！」

いつの間にか背中から解かれていた片手がエイプリルの前の部分に触れていた。

あそこのやつ——が何を指すのか、わからないエイプリルではない。もう幾度となくフェイツランドに舐《な》められ、口の中に出して来たのだ。だが、頭で理解するのと羞恥を覚えるのとは別だ。暗い閨《ねや》の中でならともかく、こんな朝からするようなものではない。

そうは言っても、抵抗するためにフェイツランドの腕を摑む自分の手にも力が入らない。

「ご飯……」

だからせめてもと言葉で抵抗するのだが、

「色気のないこと言ってんじゃねえよ」

笑うフェイツランドの台詞《せりふ》と同時に、体がくるりと反転して寝台に仰向《あおむ》けに寝転がされてしまった。

はっと見上げれば、真上にはフェイツランドの金の瞳があり笑いながら見下ろしている。その瞳の中に映るのは、呆気《あっけ》にとられた自分の顔だ。

「三日ぶりにはっきりお前の顔を見るな、エイプリル」

指が顔の輪郭を確かめるようにゆっくりと撫でるのに合わせて、エイプリルは小さく頷いた。

昨夜遅くに帰って来た男は、部屋に着く早々すぐに布団の中に潜り込んで来たのだ。今朝の指示も、眠りにつく間際に言われたことである。

　エイプリルはさっきまで眺めていた寝顔を思い浮かべた。

「……団長、ちょっと疲れてますか？」

「疲れ？　そんなもんねえぞ」

「でも」

「ちっとばかり強行して帰って来たからな。それでそう見えるんだろう」

「それって、疲れてるって言いません？」

　エイプリルに問われたフェイツランドは、一瞬真顔になった後、ニヤリと唇を歪《ゆが》めた。

（あ、これ……）

　しっかりとその瞬間を見てしまったエイプリルは、ひくりと頬を引くつかせた。これは完全にフェイツランドの中で何かが決定づけられた時にする表情だ。


そして、それはエイプリルや周囲にとって、あまりよくない「何か」を意味する。

　果たして今のフェイツランドが考えついたことと言えば、

「お前の腹は俺が満たしてやるよ。俺が満足行くまでな」

　である。

「満足……って」

　それはもしかして、朝食を食べ損ねるというのと同義ではないだろうか？

（そんな……）

　毎朝の食事はエイプリルの楽しみだ。それを奪おうというのだ、この獣のような男は。

「やだ……」

「やだじゃねえよ」

　フェイツランドはもうエイプリルの上着をはだけさせ、白い腹に手を伸ばしている。

「ここに」

と、赤い舌に腹を舐められ、エイプリルは「ん……っ」と声を押し殺して目を瞑《つむ》った。

エイプリルの弱いところ、感じるところを余すことなく知っているフェイツランドの手に掛かってしまえば、寝ているプリシラ以上に無防備になってしまう自分を、エイプリルはよく知っていた。

（僕の朝ご飯……）

色気よりも食い気と言われようと、育ち盛りのエイプリルは恋人から与えられる快楽よりも、今は切実に食事が欲しかった。

腹を舐める男の旋毛《つむじ》を見つめるエイプリルの瞳に涙が浮かぶ。食事を抜くことへの悲しさか、それともこれから来るだろう快楽に期待してのことなのかは、本人にもわからない。


食堂でエイプリルはひたすら俯いていた。目の前のフェイツランドの顔をまともに見ることが出来ないからだ。

二人の前に食事を運んで来た騎士たちは、何やら若干の緊張感を一方的に出しているエイプリルをちらりと見て首を傾《かし》げ、いつものように椅子にふんぞり返って座るフェイツランドの腕組みした格好に、何かあったのかと訝《いぶか》しんでいるようだったが、機嫌が悪いかもしれないフェイツランドに話し掛けるだけの勇気はなかったらしい。普段は、団長直々に声を掛けて貰えるかもしれないという期待から、あれこれと食事の説明をしたりするものだが、今朝に限っては早々と離れて行ってしまった。

「エイプリル、飯だ」

「はい、あの……」

ちらりと上目遣いに見たフェイツランドは、ガツガツと大きな野菜の肉巻にかぶりついている。

なんだ？　と目線で示され、エイプリルは小さな声で「ごめんなさい」と言った。フェイツランドの片方の眉が少し上がったが、それは不機嫌というよりは呆れを過大に含んだもので、だから尚更《なおさら》居た堪《たま》れない気分にさせられる。

「いいから食え」

「……いただきます」

あれだけ欲していた朝食なのに、フェイツランドと一緒だというだけで気まずい思いをする日が来ようとはまさか思いもしなかった。

トウモロコシと香草を入れた琥珀《こはく》色のスープに、大蒜《にんにく》をすり潰したものをつけてこんがりと焼いた堅めのパン、新鮮な水、芋の揚げ物と、朝から豪勢な食事なのは変わらない。肉巻野菜は歯ごたえもよく空腹にはちょうどいい。

体は正直だ。手をつけさえすれば、あとは幾らでも手が動いてしまうのは自然の成り行きで、食堂に着いた時に二人の間にあったぎこちない、珍しくも緊張を孕《はら》んだ雰囲気は今はほとんど消失していた。

それが破られたのは、皿が空《から》になり、腹が膨れ、食後の冷たい果汁飲料を飲んでいる時だ。甘酸っぱい濃い黄色の飲み物は、南国から運ばれてくる果実を絞って作られるもので、暑い時には甘いだけでないこの飲み物を喉に流し込むと気持ちよくなれるため、最近はよく頼んでいる。

（おいしい）

最初の頃にあった緊張は既に消え、笑みさえ浮かべてゴクゴクと冷えたコップを傾けていると、先にすべての食事を終えたフェイツランドが、

「そうだよなあ、それでこそお前だよなあ」

と、これ見よがしな溜息をついたのが聞こえ、少し少むっとしながら顔を上げると、それはもうつまらなそうに頬杖をつく男の顔が目に入った。

「文句あるか？　本当のことだろうがよ」

「……怒ってますか？」

「いや？」

「でも機嫌悪かったでしょう？」

「怒ってるっていうよりは呆れたというか、情けないというかってところか」

「……やっぱり怒ってるじゃないですか」

「怒っちゃいねえよ。ただまあ」

「なんですか？」

フェイツランドは皿の端をぴんと爪先で弾《はじ》いた。

「これに負けたんだと思うとちょっとなあ」

「……僕言いましたよね。お腹が空いてるって。だから早く食堂行きましょうって」

「言ってたな」

「だから僕が悪いんじゃないと思う」

「だろうな。坊主が悪いわけじゃない。けどなあ、いくらなんでもあの場面で腹が鳴るのは興が削《そ》がれるのもいいとこだろう」

エイプリルはぐっと詰まった。

そう、食堂に来る前に朝の一仕事と張り切ったフェイツランドだったが、目的を達することは出来なかった。ささやかな抵抗を試みるエイプリルを組み伏せ、さあこれからという時に舌を這《は》わせている腹から聞こえた音は、さすがのフェイツランドも行為の手を止める威力を持っていたのだ。

これが口づけている時ならまだましだっただろう。だが、ほとんど直接耳に届けられる形になったグゥという腹の音は、勃《た》ち上がったものを一瞬で萎えさせてしまったのだから大したものだ。

エイプリルにとっては幸いだったが、フェイツランドには何とも形容しがたい不満となって残っているらしい。

「色気よりも食い気って言うが、まさにそれだな。身をもって実感させられた気分だ」

エイプリルに言わせれば、自分はまったく悪くないのにどうして根に持たれてるんだろうという気持ちの方が大きい。しかし、それ以上にフェイツランドが言うように、色気よりも食い気の方を優先してしまう自分の正直な体にもまた、半分は呆れていた。

生理現象だから止めようとして止められるものでないことはわかっているが、何もあそこで鳴らなくてもと思ってしまったのは事実。

その根底にあるのは、フェイツランドがお子様な自分に呆れて今後は求めてこなくなるのではないか、という不安だ。

常日頃からの構われ方や行為の際の執拗《しつよう》な愛撫《あいぶ》から、自分が溺愛されている自覚は持っている。そこでフェイツランドを疑うほど馬鹿《ばか》ではない。だが、誰かと体を重ねたのも初めての自分と違い、フェイツランドはこれまでも多くの男女と交わって来たはずで、それを思うと胸の中に黒い靄《もや》がもくもくと湧いて来て――。

(嫌いになるかな？　もういいやってなるかな？)

もしそうなったらどうしよう。

腹が鳴るのは仕方ないが、それでも続けてくださいって言えばいいのだろうか。

(でも)

エイプリルは空腹だったし、フェイツランドは城に向かわなければならない。仮に出仕に間に合ったとして、どちらを優先すればよかったのか、わからなくなってしまう。

意図したわけでなくしょんぼりと肩を落としたエイプリルは、自分を見ているフェイツランドの視線にもまともに目を合わせることが出来ない。

だから、

「エイプリル、こっち向け」

名前を呼ばれて顔を上げた時、空色の瞳は薄曇りのような翳《かげ》りがあったのだろう。

フェイツランドの金の瞳が驚いたように少し見開

かれ、それはすぐに苦笑と共に和らいだものに変わった。

「お前なあ、そんな泣きそうな顔しなくてもいいだろうが」

伸びて来た指は、エイプリルの目の下をそっと撫でた。それだけで何かが零れそうになるのを、エイプリルはぐっと我慢する。

そんなエイプリルを微笑《ほほえ》みながら見つめていたフェイツランドは、指を離さないまま言った。

「悪かった」

「え？」

「さっきのは俺の八つ当たりだ」

「八つ当たりって？」

「余裕のなさを突きつけられてな。冗談で済ますつもりだったんだが、お前があんまり素直な反応を示すもんでその気になっちまった」

「冗談？　じゃあ最初はちゃんと起きるつもりだったんですか？」

フェイツランドはひょいと肩を竦めた。

「三日ぶりに会ったらよ、どうも歯止めが利かなくてな」

「そこは理性に頑張《がんば》って貰ってください」

「そのつもりだったんだが、理性だけ寝ていたままだったらしい」

顔から離れていくフェイツランドの指を目で追いながら、エイプリルは少し気分が向上するのを感じた。

「あのな。別に俺はお前が拒もうがなんだろうが、手放す気なんざねぇよ。それこそ泣いて喚《わめ》いても離してなんかやれない」

エイプリルの瞳が今度は真ん丸になる。

（もしかして団長、照れてる？）

表情も態度もいつもと変わらない傲岸不遜なものだが、なぜだかエイプリルにはフェイツランドが少しだけ――本当に少しだけ恥ずかしそうにしているように見えた。それはとても珍しいことでもある。

「そんな目で見るなって」

「……っ」

弾かれた額と笑うフェイツランドに、エイプリルは自分の想像が間違っていなかったことを確信した。

「俺もまだまだだな」

「団長……」

エイプリルは心の底からほっとした。自分が不安を感じていたように、フェイツランドもまた余裕がなかったのだと告白されて、嬉しくないはずがない。

「でもな、エイプリル」

「はい」

「次は止めねえからな」

食卓越しに体を乗り出すように囁かれ、意味がわかって頬を染める。

「……出来れば食事の後がいいです」

あと朝は考え直して欲しいと小声で告げると、フェイツランドはくつくつと笑った。

和やかな空気が二人の周囲を満たした直後、

「食事の後に何をする気か知らないが、とっくに城に向かったはずのフェイがなぜ食堂にいるのか、その理由を教えてくれないか？」

冷えた声が頭上から降って来て、顔を寄せ合っていた二人はハッと声がした方へ目を向けた。見なくても声だけでわかってはいたのだが、食卓の真横に立ち、琥珀色の瞳に冷えた氷を浮かべて立っていたのは、騎士団副長のノーラヒルデだった。

慌てたエイプリルが立ち上がり掛けたのを片手で制したノーラヒルデは、視線だけはフェイツランドから離すことなく言った。

「フェイ、私は朝食後、速やかに城に向かうように言わなかったか？」

「言ったな」

「ほう？　物忘れがひどくなったわけじゃなさそうで何よりだ」

「おう。まだそんな歳《とし》じゃないからな」

「だろうな。朝から盛るくらいだからな」

いつものやり取りと言えばそれまでだが、さすがにノーラヒルデの表情はきつい。

「その分の精力を他のことに注《つ》ぎ込めばどうだ？」

「そうか！　そうすれば坊やが体力を根こそぎ持ってかれることもないね！　さすが副長、名案名案」

パチパチと手を叩く音がして、ぎょっとしてエイプリルが音の出処《でどころ》らしき背後を振り返れば、見慣れた赤毛の華やかな美貌の男が「おはよう」と片目をパチリと瞑って見せたところだった。

「マ、マリスヴォスさんっ、いつからそこに⁉」

いつからと尋ねたのは、マリスヴォスの体越しに見えた食卓の上には、食べかけの皿や器が並んでいたからだ。食事中だというのがこれほどわかるものはない。

問われたマリスヴォスは「んー」と首を傾げた後、

「怒ってるとか怒ってないとか、そんな話をしていた辺りかなあ。食堂に来たら坊やたちが見えたから、一緒に食べてって言うつもりだったんだけど、怒ってる団長の側に寄りたくないなあって遠慮させていただきました」

ごめんねと悪びれずに謝りながら笑うマリスヴォスに、エイプリルは肩を落とした。つまりは食堂に来る前の状況はほぼ筒抜けだったということだ。耳目のある食堂だから、大きな声で話していたわけではないし、直截《ちょくせつ》的な言葉を口にしたわけではないが、楽しそうに輝く孔雀《くじゃく》色の瞳を見れば、内容を把握しているのは間違いない。何しろ、色事にかけては騎士団一とも言われる青年なのだ。

「マリスヴォス、お前は食べ終わったなら本部に来い」

「了解です。お仕事？」

ノーラヒルデはにっこりと笑みを浮かべたが、目は笑っていなかった。

「仕事以外の用事で呼ぶと思うか？」

「思いません。愚問でした」

えへへと笑ったマリスヴォスに、さすがのノーラヒルデも苦笑を浮かべる。

「師団の編成で話がある」

「オレのとこの？　第二？」

「ああ。詳しくは本部で話す。先にこの男を城にやってからだ。フェイ、のんびり寛《くつろ》いでいる暇があるならさっさと城に行け」

自分に矛先が戻って来たことに気づいたフェイツランドは、やれやれと肩を竦めて立ち上がった。

「わかった。エイプリル」

「はい。食器は僕が片づけておきますから、団長は急いでお城に行ってください」

笑顔で言ったエイプリルだが、フェイツランドの姿を見てこのまま城にやっていいのか迷ってしまう。起きたばかりで剃《そ》っていない無精髭、服こそ洗濯してある綺麗《きれい》なものを着せたが、髪も今は結ばずに背中に流しているだけだ。

「あの」

エイプリルの視線を受けたノーラヒルデは上機嫌とは言えない顔で頷いた。

「確かにその格好じゃ、城に行くのは不向きだな。私が門番なら通したくないくらいには不審者だ」

そうだろうと思う。

「だが、生憎《あいにく》俺の顔は門番も覚えているし、どうせジュレッドが通達を出しているに決まってる。フェイツランドが来たらすぐに通せってな。だから問題なしだ」

「あの、団長。それは威張って言うことじゃないと思いますよ」

フェイツランドは朗らかに笑った。

「確かにその通りだな。けどまあ、急ぎじゃ仕方がない。じゃあな坊主。今朝の続きは夜にでもしようぜ」

「……っ!」

こんなところで何てことを言うのだろうかと抗議しようとしたエイプリルだが、既に男の背中は出口に向かって歩き出していた。

顔を赤くするエイプリルを見ながら、マリスヴォスが小さく笑った。

「愛され過ぎて坊やも大変だねえ、いろいろと」

愛されるのはいい。愛され過ぎてもいい。ただ、いろいろがよろしくない。だが、フェイツランドがああ言った以上、今晩は寝不足になるのが決定したようなものだ。

それに否を唱えるには、エイプリルはまだまだ経験不足だった。


その話をエイプリルが聞いたのは、ヤーゴの父親が怪我をしたと聞いた日から二日後のことだった。父親の怪我の様子がどうだったのかを尋ねたかったが、それぞれに課せられた稽古や任務の時間が合わず、二日も後になってしまったのだが、エイプリルはもっと早く夜中にでも宿舎を訪ねるべきだったと後悔した。

その日午後の訓練が終わり、ヤーゴと一緒に宿舎に帰りながらエイプリルの上に落とされたのは、

「俺、騎士団辞めるかもしれないわ」

という思いもしない台詞だった。

「辞めるって……ヤーゴ君、それ、本当ですか⁉」

「ああ。本当だ」

「お父様の怪我、そんなに悪いんですか?」

「そこまで重傷ってわけじゃなかったんだけどな、

しばらくは体を動かさないで安静にしているように って医者に言われた」

「そんなに……」

実家に戻ったヤーゴを待っていたのは、足の骨を折って寝台に横になる父親だった。軽い怪我だと考えていたヤーゴは、想像もしなかった出来事に一瞬思考が停止したそうだ。多少の怪我はするが、逞しく頑健な父親が怪我で起き上がれないというのは初めて見るものだった。

「歳だから完治まで時間は掛かるけど、大人しくしていれば治るからな、そっちはそこまで深刻なわけじゃない」

「そっち？　じゃあ、別にもう一つあるんですか⁉」

立ち止まり、思わずヤーゴの腕を摑んでしまったエイプリルに、ヤーゴは困ったような苦いようなそんな表情を浮かべた後、周りにいる騎士たちを見渡して、

「ちょっとこっち来い」

植え込みの陰にエイプリルを引《ひ》き摺《ず》り込んだ。建物や歩行者からはほどよく距離があり、あまり聞かれたくない話を立ち話を装ってするには適度な距離だ。

「ねえヤーゴ君、騎士団辞めるって嘘《うそ》ですよね？だって騎士になりたくて選抜試験受けて入ったのに」

ヤーゴが騎士団に入った動機は本人に聞いて知っている。馬鹿にされた貴族を見返したくて、強さが基準のシルヴェストロ国で、自分の実力だけで生きる世界を求め、そして入った騎士団だ。

「もしかして、道場を継がなきゃいけないとかそういうのですか？」

「いや、そっちは俺が騎士団に入った時に弟が継ぐことに決まってるから問題はない」

「じゃあどうして？」

それならばヤーゴが辞める必要はないのではと不

思議でたまらない。

「……ちょっとな、道場の方が揉《も》めててそれで俺も実家にいた方がいいって思ったんだ。ほら、騎士団は城の中にあるだろう？　この間みたいに連絡が取れるまで時間が掛かることもある」

「だから実家？」

「ああ。もちろん、通えないことはないし、実際に宿舎に入っていない騎士も大勢いるからな。しばらく様子を見て、復帰出来そうならするつもりだ」

それを聞いてエイプリルはほっとした。辞めるかもと聞いた時には、もう二度と戻って来ない決意があるのだろうかと考えていたのだが、今の話を聞く限り、騎士団から去るにはまだまだ心残りも未練もたっぷりあるとわかったからだ。

「一時的に騎士団を辞めることって出来るんですか？」

「いや、さすがにそれは無理だろう。部隊長や師団長みたいに階級が上ならともかく、平騎士がそこまで図々しく出来やしない。だから休暇の形を取らせて貰おうと思って」

「休暇、ですか？」

「ああ」

頷いたヤーゴは不思議そうに自分を見上げるエイプリルを見て、眉根を寄せた。

「おいエイプリル、まさかと思うけど休暇制度のこと知らないってわけじゃないだろうな？」

「休暇制度？　それは普通にいただくお休みの日とは違うんですか？」

「違う違う。申請すればまとまった休暇が貰えるんだ。階級や勤続年数によって日数は変わるが、その期間の分の給金は保障される」

「保障！　お休みしてても給金が貰えるんですか！」

そんな素敵《すてき》な制度があったとは！　エイプリルは目を輝かせた。

「珍しくないだろう？　一般的な国じゃ普通のことだと思うが」

そこまで言ってヤーゴは「ああ」と一人で納得したように頷いた。

「忘れてた。お前、王子様だったな」

ならば外で働いたことがないからわからないかというヤーゴに、エイプリルは少しだけむっとしたが、悪気があったわけでなく、自分が世間知らずだということを多少はわかっているため素直に頷いた。

「はい。いろいろ勉強することがたくさんあります」

騎士団の中にいるだけでも、今まで知らなかったことを学ぶ機会が多くある。

「任務中の怪我は公傷だから療養日数は除外される。ほら、前の国境警備の時にお前が寝込んだことがあっただろ？　あれも公傷だから休んでも休暇には合算されない。で、もしもお前が国に里帰りしたいなあって思った時に、申請すれば貰えるのが休暇」

へえと頷いて「あれ？」と首を傾げた。

（あれ？　だったら前にルインが戦争になった時辞めるんじゃなくて休暇申請すればよかったのかな？）

除隊するしないで口論になり、結果的に寝込むことになってしまった。

（ん？　だったらあの時僕が寝込んだのは公傷？）

いやそれは違うと思い直す。騎士団長フェイツランドではなく、個人としてのフェイツランド＝ハーイトバルトの私情が存分に入っていたのだから、違うだろう。ただし、無断欠勤とも違うし、エイプリルをルインに行かせないためにしたのだとすれば、やはり公傷扱いなのだろうか？

自分の知らない間に勝手に「あるはずの休暇日数」が減らされていたりしたらたまったものではない。今度フェイツランドかノーラヒルデにでも、その時の扱いがどうなっているのか尋ねなければと思ったエイプリルである。騎士の勤務や出張などを書面で管理しているのは事務方だが、あの日のことを知っている人——しかも当事者で騎士団の最高責任者に尋ねる方が早く済む。

「じゃあ、ヤーゴ君はその休暇を使って実家に戻るんですか？」

「そうなるだろうな。今まで休暇らしい休暇は使ったことがないから、三十日くらいならいけるだろ」

なんてことのないようにヤーゴは言うが、三十日と言えばかなり長い。

「ヤーゴ君、そんなに長く実家にいなきゃいけないの？」

「場合によってはってだけだろ。実家は道場だし、休暇の間も体を鍛えることは出来るさ」

それならやはり実家から通えばいいと思うのだが、どうしてかヤーゴは騎士団から距離を置くことが前提になっている。

（どうかしたのかな、やっぱり）

父親の具合が思ったよりも芳しくないのか、道場の後継問題で揉めているのか。

（僕が口を挟んでいいことじゃないけど）

だけど、と思う。ヤーゴは騎士団の中で唯一エイプリルが気兼ねなく気楽に話が出来る相手だ。友人の力になれないのを歯痒《はがゆ》く思いながらも、エイプリルにはヤーゴの判断を尊重して受け入れるしか出来ない。

「もう部隊長には話をしてるんだ。後は本部で書類を書いて出すだけだし、これから行ってくる」

「これから!?」

「書類仕事は手間が掛かるんだよ」

ヤーゴは笑って言った。

「俺がいない間、団長に迷惑掛けるんじゃないぞ」

あ、そこはやっぱりヤーゴ君だ。

エイプリルは笑った。すぐにでもまたこの友人と一緒に稽古に励むことが出来るだろうと思って。

だが、十日が過ぎてもヤーゴが騎士団に戻って来ることはなかった。

「すごく大きい。ここがヤーゴ君の家の剣術道場なんだ」

立派な門構えの大きな建物と扁額《へんがく》を前に、エイプリルは感嘆の声を上げた。確かに首都シベリウスでも有名な道場だとは聞いていたが、ヤーゴが話しているのを聞いていると、少し広い敷地内で鍛錬しているだけという印象を覚えた。更地の地面の上で和《わ》気藹々《きあいあい》と練習する風景である。

ところが、門の向こうに見える石畳は結構長く、左右の広がりも大きい。正面はそのまま道場――屋内の稽古場で、騎士団の一番小さな稽古場よりは大きく見えた。

「すごいですね」

「キュラール道場の卒業生で騎士団に入ったのも何人もいるからね。結構由緒ある道場らしいよ」

エイプリルの横で同じように門の向こうを眺めるのは、

「坊やが行くならオレが護衛で一緒に行く」

と言ってついて来たマリスヴォスだ。頭の後ろで手を組む表情は、どこか楽しそうに見える。

「母屋はどこでしょうか。入り口が他にもあるのかな」

「中に入って聞いた方が早いんじゃない？　もしかしたらヤーゴ君も一緒に練習してるかもしれないし」

「それもそうですね」

顔を見合わせた二人は、開かれた門を奥に向かって歩き出した。真っ直《ま》ぐ《す》に道場へ続く石畳の左右には芝生が敷き詰められ、右手の方からは馬の嘶《いなな》きも聞こえる。家の者の所有馬か、道場に通う弟子たちが乗って来たものだろう。

エイプリルたちは城から徒歩でやって来た。それほど離れた場所ではないと教えて貰ったのと、買い物ついでに立ち寄ったという理由をつけるにはその方がらしいからだ。

実際に、エイプリルの手にはプリシラの餌《えさ》になる穀物が入った袋、マリスヴォスの手には新鮮な果物を詰め込んだ籠《かご》がある。こちらは、怪我をしたヤーゴの父親への見舞いの品だ。大したことはないとヤーゴ本人は言っていたが、城にまで連絡が来るくらいの怪我なのだ。たとえ本当に軽傷だったとしても、何かしら心尽くしはあった方がいい。

二人の姿は非常に目立っていた。華やかな顔立ちの赤毛のマリスヴォスと、育ちと人の良さがそのまま表れているエイプリル。二人の身長差と色合いは、道場の中で稽古をしていた者たちの視線を一気に攫《さら》った。

しかも、

「おい、あれって……」

「たぶん、だよな」

ほとんどの弟子たちの視線は長身の赤毛に向けられていた。道場に通う者たちは一部例外を除いて騎士に憧れ、騎士を目指す者、もしくはかつて騎士を目指した者が多い。シルヴェストロ国騎士団第二師団長の容姿は、知っていて当然だ。

無論、それだけでなく、酒場の破壊に何度か関わったことのある要注意人物として、団長フェイツランドと共に有名なのは言うまでもない。

そのマリスヴォス本人は視線などいつものことと ばかりに、どこ吹く風で物珍しそうに道場の中を見回している。

「オレ、町道場の中に入るのは初めてなんだ」

「そうなんですか？」

「うん。騎士団にも道場で鍛えられて上がってきたのは貴族平民問わずにいるけど、士官学校から来たのも多いからね。それにお抱えの先生に教えて貰ってたりとか、いろいろだよ。坊やもそのクチだったでしょ」

「はい。引退していたのを祖父が僕のために雇ってくれたんです」

「坊やの剣には変な癖がないでしょ？　それはその先生がしっかりと基本を教えてくれたおかげだね。流儀や矜持《きょうじ》の高い人なんかによくあるんだけど、自分の型をそのまま教え込むんだよね。もちろん、それが悪いわけじゃないし、十分強くなれるならいいんだけど、悪い癖が残ってしまってたら、後から矯正するのが大変でね。その点、坊やは真っ直ぐにそのまま吸収してくれるから鍛え甲斐《がい》あるよ」

にこりとマリスヴォスに笑い掛けられ、エイプリルは困ったような嬉しいような気分にさせられた。故郷の剣術の先生を褒められたのは嬉しいが、未熟な腕前を自覚しているエイプリルは、まだこれから覚えるべきことがたくさんあると思っているからだ。

フェイツランドもマリスヴォスも他の知り合いの幹部たちも、こと剣技に限っては世辞や気休めは言わない人たちだというのは、もうエイプリルも知っている。丁寧に教えてくれるが、足りないところや悪いところは即座に声が飛んでくるのである。

マリスヴォスの言う悪い癖がつかないようにするには、その都度きっちりと軌道を修正するのが望ましいのはわかるのだが、身近に接して慣れたエイプリルはともかく、普段はあまり彼らに教えを請う機会がない騎士たちには、きつく突き放した言い方に受け取られることもあるそうだ——とは、ヤーゴやジャンニからの情報だ。

騎士なのだから一切の妥協はしない。鍛錬や訓練で手加減はしても、手を抜くことはしない。剣を抜かないフェイツランドも、稽古の時には目を鋭くして周囲を観察している。エイプリルですら、声を掛けられない雰囲気を感じることもしばしばだ。

団長が稽古場に姿を現すというそれだけで、気持ちが浮き上がる騎士たちは、そんなフェイツランドを見て気を引き締め直す。誰しも、憧れの人にはよいところを見せたいと張り切る気持ちを、実にうまく活用しているとも言える。

「活気があるっていうのはいいことだねえ」

マリスヴォスは一人、うんうんと頷いている。

「僕もそう思います。こういうところでヤーゴ君、育って来たんだ」

幼い頃から間近で訓練する人々を見て来れば、自然に自分もと思うようになるだろう。

「道場って、首都にはどれくらいあるんですか？」

「オレも正しくは知らないけど、二十以上はあるんじゃないかな。大きいのから個人でやってる小さいのまで入れると、もっとあるかも」

「そんなにあるんですか」

「まあ、シルヴェストロは武術の国だからね。どんな人でも少しは武術を齧《かじ》ってるのが普通ってところかな。向き不向きもあるから、全員ってわけじゃないけど。小さい頃に一度は放り込まれるところ」

さすがシルヴェストロ国といったところだろうか。

「騎士や兵士になれなくても、腕前だけ磨いておけば後々雇って貰いやすいし。お屋敷の護衛とか、商家の使用人とかね」

「いろいろな道があるんですね」

「だから、道場も繁盛してるんだよ。うちの騎士団も流儀での派閥みたいなのはないから、どんな道場出身だって実力さえあれば入れるしね」

ほら、とマリスヴォスは真ん中辺りで長い棒を持って打ち合っている二人の若者を見ながら、こっそりと囁いた。

「あの二人とその周りで練習しているのは貴族だよ」

「見ただけでわかるんですか？」

「うん。貴族の子供がいきなり町道場に放り込まれることは滅多にないからね、剣筋がちょっと上品なんだ。型を重視してるからあんまり実戦向きじゃないね、あの子たちは」

早い話が剣術で生きていくのは無理だとマリスヴォスは言った。

「何が何でも騎士や兵士になるって子たちは、もっとガツガツしてるものなんだ。でも、あの子たち、怪我しないようにお互いに気を遣ってるのがわかる？」

「はい。何となく、手元を避けているように見えます」

「そういうことなんだよねえ。相手の弱点を突いて勝とうっていう気がない。本人たちがそれでいいっていうならオレたちが口出しすることじゃないけどね」

「貴族の嗜《たしな》みっていう感じですか？」

「そうとも言うね。とりあえずは習っておこうって感じ。だって、うちは頂点の王様からして強い人が一番っていうお国柄だから、武術に秀でた家系はとっても人気なんだよ」

「人気、ですか？」

「うん。結婚相手に是非ってね。王様や団長のところは特に何人も王様を出してるから、それはもうすごいんだって。ぜひうちと縁組をってね」

エイプリルはちらりと隣の青年の横顔を見た。

「縁談ってことですか？」

「うん――あ」

そこでマリスヴォスは小さく声を上げ、慌てたようにエイプリルを見下ろした。

「縁談が来るのは本当だけど、団長も王様も軒並み断ってるからね！　特に団長が縁談受けるなんてことは絶対にないよ！」

何を思って力説するのか、理由がわかるだけにエイプリルは小さく苦笑するしかない。

「でも一般的にはとってもいい話なんですよね」

「それは持ち込む側にとってのいい話であって、当事者には全然恩恵ないから。団長はそれが嫌だから、早くに王様を養子にして後継者宣言したくらいだよ」

あれ順番が逆だったかなと首を捻《ひね》るマリスヴォスは、結果的にどちらでも同じだと結論づけて自分を納得させたようだ。

「でも」

エイプリルは首を傾げた。

「ジュレッド陛下の後が誰になるかの問題もあるんですよね」

「それはまだまだ先の話だと思うよ」

だが、フェイツランドの例がある。実務と多忙が嫌でさっさと押し付けたと公言するくらいだから、似たような気質のシルヴェストロ国王が同じ行動を取らないという保証はない。もしかすると、既に後継者争いが水面下で繰り広げられているかもしれない。

一番の近道は、ジュレッドの直系だ。一番縁談が多いのは、まずここだろう。そしてフェイツランド。シルヴェストロで最も強い男であれば、同じように強い子が産まれる可能性が高い。

ジュレッドにしろフェイツランドにしろ、どちらにしても不確定な未来の、しかもとても薄い可能性の話ではあるが、権力と王位に繋がる縁を求める人人にとっては、たとえ退位したとしてもフェイツランドは優良物件には違いないのだ。

それをマリスヴォスに言うと、赤毛の若者は困ったように眉を下げた。

「それ、団長に言ったら絶対に嫌な顔されると思うよ。前々から言ってたからね。俺は種馬かって」

身も蓋もない言い方だが、まさにその通りなのだから仕方がない。優良な血筋を残すために、強い男の種を求めるのだ。

「とにかく、オレが断言出来るのは、陛下は知らないけど団長は絶対に坊や以外の誰かと添うことはないってこと。隠し子や御落胤《ごらくいん》なんかもいないから、坊やは安心して団長と末永く仲良くね。シルヴェストロ国と周辺地域の平和のためにも」

最後の台詞には「ん？」となったものの、明るい笑顔のマリスヴォスに、エイプリルは少し恥ずかしそうに頷いた。

師範代の一人がヤーゴを呼びに行き、若者が来るまで見学している二人だが、どちらも道場の様子というのはあまり知らないので、眺めているだけでも楽しかった。

少しして道場の奥から顔を出したヤーゴは、壁際に並んで立つ二人を見つけると「はっ？」と不思議そうな表情を見せたが、すぐに駆け寄ってきた。

「やあ、見物させて貰ってるよ」

「こんにちはヤーゴ君、お久しぶりです」

ひらひらとマリスヴォスが手を振り、エイプリルも笑顔で友人に話し掛けた。

「第二師団長、わざわざいらしていただいてありがとうございます」

ありがとうと言いながら、ヤーゴは横目でエイプリルを睨《にら》みつけた。訳すれば、

（どうして第二師団長が俺の家に来るんだよ⁉）

である。

「マリスヴォスさんは僕の付き添いみたいなものです。プリシラの餌を買いに行こうとしたら一緒に行くって言ってくれて」

「オレは荷物持ちなんだよ。坊やには剣よりも重いものは持たせたくないからね」

片目を瞑って笑うマリスヴォスは、手に持っていた籠をヤーゴに押し付けた。

「はい、これお土産――じゃなかったお見舞い。坊

やとオレから、君のお父上にどうぞ」

「あ、ありがとうございます」

遠慮する間もなく受け取ってしまったヤーゴは、困ったように眉を下げた。

騎士団で支給される服を着た姿を見ていることが多いせいか、動きやすさ重視の楽な私服のヤーゴは新鮮だった。年は二十三と言っていたが、こうして見るともっと若く見える。

「あの、道場ではなく家の方に」

「ありがとう。でもお家の方にまで押し掛けるのも図々しいからここでいいよ。ね、坊や」

「はい。道場って初めて見るから楽しいです。活気があっていいですよね。みんな生き生きしてる」

さっきマリスヴォスから教えて貰った貴族たちも、怪我をしないように気をつけている以外は真剣な顔で取り組んでいる。もしも遊び半分でふざけながらやっていれば、赤毛の男は、にこにこ笑いながら問答無用で乱入し、二人を追い出したに違いない。

それならと、ヤーゴも同じように壁際に並んで立った。

「ヤーゴ君、お父様の具合はどうですか？」

「変わらずって言ったところかな。折ったのが足だったのと歳のせいで治るのがなかなか思うようにいかないだろう？　それで無理しようとして治りが遅くなるの繰り返しだ」

「そういうのって結構ありますよね。もう若くないんだから、無理しなきゃいいのにって思うこと。あ、これはヤーゴ君のお父様の話じゃなくて、僕の祖父の話なんですけど」

つまりはルイン国王。二人はルイン国王を間近で見たことがある。威厳のある賢王だが、孫から見れば、祖父は危なっかしく頑固な「おじいちゃん」ということなのだと、マリスヴォスは明るく、ヤーゴは口元を隠して笑った。

「坊やにも通じるところがあるよねえ。頑固で一途《いちず》で」

「否定はしませんけど、おじい様ほどじゃないと思います」

　胸を張るエイプリルに、マリスヴォスはまた笑った。

「それよかヤーゴ君だっけ？」

「……エシルシア師団長、エイプリルと同じ呼び方は止《や》めてください」

「えー、だって坊やが呼んでるからオレの中ではすっかりヤーゴ君なんだけど」

　エイプリルッ、とヤーゴに睨まれ、エイプリルは慌てて首を横に振った。

「別にマリスヴォスさんにヤーゴ君って呼んであげたらいいなんて言ってませんよ。普段の話の中で僕が口にしてるからだと思います」

「そうそう。最近、君のことを坊やがよく話してたから刷り込まれちゃったんだ」

　えへへと軽く笑うマリスヴォスだが、ヤーゴにはあまり面白くはない。何度言っても呼び名を直さないエイプリルのことは諦めるとして、身分も階級も上の幹部から、そんな呼び方をされるだけでも胃が痛くなる思いなのだ。

「オレのことはあんまり気にしないでいいよ。うちの連中にはいつものことだから」

　将として一軍を率いている時ならまだしも、今は私的な用事で出掛けているところなのでそこまで気張らなくていいのだと、マリスヴォスは笑う。

「オレに気を遣うくらいなら坊やに遣いなよ。身分上は坊やの方が上なんだから。ね」

　マリスヴォスの手が柔らかく細い金髪をぐしゃぐしゃと撫でる。いつもはもっとフェイツランドに乱暴にかき回されるエイプリルには、特に気になるものでもない。

「違いますよ、マリスヴォスさん。僕とヤーゴ君は友達だから普通でいいんです。もしも話し方を改めなくちゃいけないとしたら、たぶん僕の方じゃないかと。だってヤーゴ君の方が騎士として先輩でしょう？」

「んー、じゃあ坊や、ちょっとヤーゴ先輩って言ってみて？」

「ヤーゴ先輩。キュラール先輩の方がいいんでしょうか？」

「親しい先輩だったら名前でいいんじゃない？」

「……エイプリル、止めてくれ。お前に先輩呼ばわりされると鳥肌が立つ」

ヤーゴは腕の辺りをさわさわと摩《さす》った。

「じゃあヤーゴ君のままですね」

エイプリルとマリスヴォスと二人してにこにこしているのを見るヤーゴの体から、がっくりと力が抜けたのが見ていてもわかった。

（よかった、ヤーゴ君。元気そうで）

久しぶりに会う友人というのは緊張するものだ。これまでにそんな立場の人間が周りにいなかったエイプリルには、ヤーゴの実家を訪れるのは敷居がそれなりに高く、場に合わせて柔軟な対応と適度な話術で盛り上げてくれるマリスヴォスがついて来てくれたことは、本当に助かった。

「ヤーゴ君の家がこんなに立派な道場だったなんて知らなくて、僕びっくりしました。稽古は毎日してるんですか？」

「ああ、一日でも鍛錬を怠ると体がなまってしまうからな」

「よかった」

心底安心した様子のエイプリルに、ヤーゴは首を傾げた。

「そこまで安心されなきゃいけないほど俺の腕って悪かったか？」

「違いますす、ヤーゴ君は強いですよ。でも、戻って来た時に少しでも怠けているのがわかったら……って言って、団長がニヤッて笑ったんです。ニヤッですよ？　何するのか訊《き》いても教えてくれないんだから」

「それは……怖いかもしれないな」

エイプリルと仲が良いというだけで、フェイツランドに名前を覚えられているのが果たしてよいことなのかどうかというところだろう。間近で見ていればはよくわかる。エイプリルに対するフェイツランドの溺愛ぶりは、あまり親しくし過ぎては、嫉妬の対象になってしまうのではないかと、ヤーゴは内心で冷や冷やなのだ。

「ですよね！」

「まあ、そこまで気にすることはないんじゃないかと思うよ。団長のそれは坊やをからかって遊んでるだけだと思うし、もしかしたら少しくらいはヤーゴ君を苛《いじ》め……じゃなくて鍛えてあげようって思ってるのかもしれないし」

「団長に直接手ほどきして貰えるなら嬉しいですけどね」

「団長、稽古の時も口しか出さないですもんね」

ごくたまに古参の騎士たちと打ち込みをしていることもあるのだが、それも本当に稀《まれ》で、たまたま見学することが出来た騎士たちがしばらくその話題で盛り上がるほどだ。

フェイツランドの強さは誰もが知っているが、直接目にする機会は滅多にない。その点、ヤーゴはルイン国での戦で、まさに目の前で見たからどれほど強いかをよく知っている。

本気で試合をすれば瞬きする間に終わってしまうだろうが、少しでも剣を交えたいと思うのは、騎士なら誰もが持つ願望だ。

「それで、ヤーゴ君はいつくらいに騎士団に戻って来れそうですか？」

「ああ、それなんだけどな」

ヤーゴは困ったように眉を寄せた。

「もう少しこっちにいることになりそうなんだ」

「まだ……？」

ヤーゴ自身も元気で、父親の怪我も大したことがないのであれば、十日以上も騎士団から離れている理由にはならないと思うのだがと、エイプリルは首を傾げた。

「うん、まあちょっとな」

言葉を濁すヤーゴに、エイプリルの不審は募る。

「ヤーゴ君、もしかして騎士になるのを反対されたんじゃ……」

可能性として一番高い理由を挙げるが、ヤーゴは違うと言う。

「でも、だったらどうして……」

気性がはっきりしているヤーゴにしては、実に珍しい態度である。

「ヤーゴ君」

再度尋ねようと口を開きかけたエイプリルだったが、

「それはもしかして、師範代の人が怪我してるのと関係ある？」

エイプリルの口を塞ぐようにして小声で尋ねたマリスヴォスの声に遮られた。

「怪我？」

エイプリルは首を傾げただけだが、ヤーゴの方は明らかに狼狽《ろうばい》していた。

「エシルシア師団長……」

マリスヴォスを見つめるヤーゴの薄茶の目は見開かれ、ばつが悪そうにすぐに俯いたところから、指摘された怪我が事実なのだとわかる。

「どうしてわかるかって？　そんなの見てればわかるよ。どうしたって怪我したところを庇《かば》う動きになるからね。組み合ってなくても、歩き方だけでも違和感出るものだよ。師範代あたりになると、元の姿勢や振る舞いから隙がないでしょ？　そこに隙があったら、何かあったんじゃないかって思うわけ」

エイプリルに説明したマリスヴォスは、そのままにこりと笑みをヤーゴに向けた。

「君のお父さんの怪我と師範代の怪我と、騎士団から離れてる——実家から離れられない理由は同じなんじゃゃない？」

マリスヴォスの顔を見つめながら、ヤーゴの口が何度かパクパクと動いたが、結局出て来たのは、

「……その通りです」

というものだった。


「——で？　実際にその嫌がらせってのは、あったのか？」


夜、城から戻って来たフェイツランドの着替えを済ませたエイプリルは、ヤーゴの実家で聞いた話をフェイツランドにしていた。

先日、城に呼び出されて以来、フェイツランドが城で過ごす時間が長くなった。日頃は堅苦しいのが嫌だのなんだのと理由をつけて遠ざかっている男が、こうして大人しく——文句を言いながらでも——毎日きちんと城へ行くのは、騎士団長としてだけではなく元国王という立場での意見などが求められているからではないかと、エイプリルは思っている。

どんな仕事をしているのか、国王や議会や貴族たちとどんな話をしているのか気にならないと言えば嘘になるが、エイプリルは自分の立場を弁《わきま》えている。内容が大したものでないのなら、軽口交じりにとっくにフェイツランドが話しているだろう。それがないのだから、平騎士のエイプリルにとっては聞いたところでどうしようもないことなのだろう。

何でも知っていたいと我儘《わがまま》を言う気はない。先だってのルインのように大事なことを伏せたままでいる前科があるため、全面的に信頼出来ないのは辛《つら》いところだが、早々同じような状況が繰り返されるとは思わない。となれば、エイプリルとは無関係のところで、シルヴェストロ国に関わる何かが進行しているということになる。

事が国政に関わる問題なら、興味本位で尋ねてよいものではない。王子として間近で祖父の治世を見て来たエイプリルには、至って普通のフェイツランドの行動だ。

ただし、

「もう、脱いだ服はせめて広げたまま寝台に置くか椅子に掛けるかしましょうよ。上着が皺《しわ》だらけになっちゃうじゃないですか」

宿舎に帰って来ればいつも通りの男の姿がある。襟元を緩め、上着はさっさと脱ぎ捨て、そのまま、疲れたと言って寝台に仰向けに倒れ込むのだ。

フェイツランドに言わせれば、

「肉体的には平気だが、精神的に非常に疲れる」

ということらしい。

実はこれにはエイプリルはほんの少し驚いた。他人に気を遣うことはないと思っていたからなのだが、文官や他の貴族たちがいる前でさすがに国王を立てないほど傍若無人ではないそうで、控え目にしつつ威圧感を出すというのが面倒くさくて疲れるのだと言う。

「ジュレッドは気にしちゃいねえんだが、そこをすっ飛ばして俺があれこれ指示すると、奴ら喜々として俺を玉座に据えようと画策するからな。大人しくしているのも疲れるってもんだ」

「それはご苦労様です。ノーラヒルデさんも言ってましたよ。団長が城にいて城から引き取ってくれって泣きつきの依頼が来ないのが珍しいって。普段はどんなことしてるのか、怖くなって聞くのを止めました」

行きたくない城に引き留められることほど苦痛なことはない。だからフェイツランドは城の方から「お帰りください」と言われるのを待つか、問答無用で出て来るかどちらかなのだ。大体において、他人頼みなのと、ジュレッドという国王がいるにも拘《かかわ》らず、自分を助言役という名目で呼ぶことが気に入らないのだという。

それが今回に限り、真面目に十日も通っているのだからノーラヒルデの口からも「珍しい」という言葉が出て来る。

「政治の世界は面倒が多くて困る。怒鳴りつけて終わればそれが早いのにな」

「それ、政治じゃないですからね」

「わかってるって。だから我慢して通ってんだろうが」

言いながら体を起こしたフェイツランドは、枕用の掛け布を替えに側に来たのをいいことに、エイプリルの体をそのまま腕の中に抱き込んだ。

「あー、落ち着く。やっぱ、一日お前がいないと落ち着かねぇわ。この髪の柔らかさ、ちょうどいい腰回り、温《ぬる》い体温。ささくれ立った心が癒《いや》されるっていうのは、こういうのを言うんだな」

うんうんと頷くフェイツランドは、肩口に鼻先を埋めて至極満足そうだ。

以前のエイプリルなら恥ずかしがって振《ふ》り解《ほど》くところだが、毎日のように体を密着されていれば耐性はつく。今では抱き着くままにさせておいて、自分は他のことをするということまで覚えた。

大抵の場合、抱き着かせておけばフェイツランドは無害なのだ。

（邪魔したり、拒否したりするとむきになるから余計に面倒なんだよね）

今も枕に布を被《かぶ》せて結び、ポンポンと形を整えるエイプリルの動きが阻まれることはない。立っている時に背後から抱き着かれると、体格差もあって重かったり邪魔になったりすることもあるのだが、座っている時には支障もないため、飽きるまでそうさせている。

時々、手が服の中に忍び込んで来たり、あらぬところに触れたりと悪戯をすることはあるが、これが本番に発展するのは七割くらいの確率で、好きなようにさせていれば満足してそれで終わってしまうこともある。

（疲れてるのかな、やっぱり）

肉体的にも精神的にもまったく弱りそうにない男だが、見せないだけで心の中にはたくさんのいろいろなものを抱えているのかもしれない。

そう思うと、自然にエイプリルも甘くなる。

もしそれが、フェイツランドの誘導だったとすればかなりの策士だ。

エイプリルを抱え込んだまま、寝台にころんと横になったフェイツランドは、そのまま体の向きを変え、横抱きにして真正面からエイプリルを見つめた。

金色の瞳が真っ直ぐに自分を見ている。

王者の目だと思う。常に何かを探り考え、見透かす目。そして、閨の中では欲望に燃える情熱的な目。

今、その目には情欲の火は灯《とも》されておらず、ほんの少しの残念な気分と共に、自分の話を聞いてくれる様子にほっとした。

ヤーゴの道場で近況を聞いたエイプリルとマリスヴォスは、その場で結論を出すことが出来ずに騎士団に帰って来た。ヤーゴにも早く戻って来て欲しいと伝えはしたが、実現出来るかと言えば、ヤーゴが今抱えている問題が解決しない限りは難しいだろう。

「ヤーゴ君のお父様の怪我も、夜中に不法侵入した不審者を追い払った時のものだって。怪我だけで済んでよかったです」

ただの怪我とヤーゴは言っていたが、その原因を聞けば楽観的な考えはどこかに吹き飛んでしまった。

「ほんのちょっと間違ったら、もしかしたら死んでいたかもしれないって。その時に、住み込みの別のお弟子さんがいたから助かったんだそうです」

「その侵入者は武器を持っていたのか？」

「剣を」

フェイツランドは「ひゅー」と口笛を鳴らした。

「よく骨折だけで済んだな。暗闇からの襲撃だったんだろう？」

「外は明るかったから」

少なくとも三人はいた不審者は、道場の門を乗り越えて敷地内に入ると、窓硝子《ガラス》を割って道場に押し入った。その音を聞きつけて駆けつけたヤーゴの父親と打ち合いになり、弟子が助けに入ったことで彼らは引き上げて行ったという。骨折は逃げる彼らを追い掛けようとした時に、妨害のために倒された石像の下敷きになってしまったためだ。

「それで夜中のうちにヤーゴ君のところに報せが来て」

そして翌朝になって、騎士団に伝言が届けられたところをエイプリルが目撃したというわけだ。

「物盗《ものと》りか？」

「たぶん違うんじゃないかと思います。稽古場の窓だけじゃなくて、庭の置物も壊されていたそうだから」

「ほう。目的はヤーゴの家の道場ってわけか。参考までに跡継ぎ問題ってことは？」

「跡継ぎの人はもう決まってるから、後継者争いはないそうです。ヤーゴ君の弟さんが跡を継ぐって。ヤーゴ君に言わせると、親族で一番強いのもその方だから反対も何も起こらなくて、小さな頃からほぼ決まっていたそうです」

「ヤーゴはどうなんだ？」

「ヤーゴ君は、騎士団に入る時に道場を継ぐ気はないって親戚一同の前で宣言してるからないって。騎士団を引退したら、師範代として雇って貰うかもとは笑って話してましたけど」

「ふうん。すんなり決まって結構なこった。こういうのは最初に頭が押さえておかないと、後々になって口出して来る奴がいるからな」

「それは団長の経験ですか？」

笑いながら尋ねると、

「おうよ」

と頭の上に口づけが降って来た。

「でもシルヴェストロ国はわかりやすくていいですよ。一番強い人っていう、誰が見てもはっきりわかる基準があるんだから」

「まあな。その点は他国とは違うな。ただ、強いだけでいいってわけじゃねえのも一理ある。俺がいい見本だろ？」

「団長は――」

エイプリルは間近にある顔をちょっと睨みつけた。

「もうちょっと礼儀正しくて、もうちょっと生活をきちんとして、もうちょっと自分を抑えることが出来たらいいと思う」

「そうしたら最高の男だって？」

「最高かどうかはともかく、誰が見ても文句はつけようがないんじゃないかな、とは思います。でも」

「でも、なんだ？」

「そうなったら団長が団長でなくなってしまうのかなあとも思うし」

「礼儀正しくて規則正しい生活を送って控え目な俺。それはもうフェイツランド＝ハーイトバルトじゃあねぇなあ」

「僕もそう思います。そうなると、今のまんましかないわけでしょう？」

悩む、とエイプリルは言う。

「悩む必要なんざねぇだろ。俺は俺。お前が好いてるのは今の俺だ。どこにも問題はない」

「自分で言い切っちゃいますか……」

フェイツランドは朗らかに笑った。

「俺ほどいい男はシルヴェストロ国には二人もいないからな」

「団長みたいな人が二人もいたら大変だから、その点は安心ですね」

「生意気言うのはこの口か」

フェイツランドの指がエイプリルの鼻先をつついた後、唇をぎゅっと摘《つま》んだ。

「ふぁんちょ……う」

鼻から抜けるような声が出てしまい、いい加減に離して貰おうとするが、そこでフェイツランドの目の色が変わったことにエイプリルは気づかない。

「可愛い声で啼《な》いたな」

「え？　……ひゃ」

頰を舐める温かい舌は、そのまま首筋を下に辿《たど》る。

「団長、話を聞いてくれるって……」

「さっきから聞いてるぞ。ヤーゴのことだろう？　警備隊には知らせたのか？」

「それは真っ先にしたって……やだ、くすぐったい」

服の中に入り込んで来た手は、柔らかな腹を撫で回している。

「ふうん。それならどうしてヤーゴが戻って来ないんだ？」

「ま、まだ嫌がらせみたいなのが続いてるって、言ってました。お父様だけじゃなくて、師範代の人も暴漢に襲われたって……そこ、だめですっ」

「怨恨か。実家の方か道場の方で恨みでも買ったか」

悪戯な手は腹から胸にまで上り、シャツの裾はすっかり捲《まく》れあがってしまっている。

「恨み？」

「いろいろあるだろう？　最近になって大きな寄付金が入って来たとか、大物の子供が通っているだとか。シベリウスには有名なところだけでも十以上は道場があるからな。自分以外のところが優遇されるのは面白くないだろ」

「じゃあそれが原因？」

「さあな。直接俺が見聞きしたわけじゃないからわからん。ただ」

「ただ？」

「ヤーゴがそのまま実家に留まっているならそれなりの理由があるんだろう。もしくは、原因に心当たりがあるか、だな」

「！」

エイプリルは目を大きく見開いたが、それはフェイツランドの言葉のせいだけでなく、人差し指と親指に胸の突起を摘まれたからだ。

びくんと跳ねた体に気をよくしたフェイツランドは、ニヤリと笑みを浮かべると摘んだ指をそのままゆっくりと動かし始めた。

「も、何やってるんですか」

「何って、お前の乳首を捏《こ》ね回してるだけだぞ。わかっている癖に聞くなよ」

そう言わせているのは誰だと言い返したかったのだが、

「んっ……」

稚戯《ちぎ》に等しい指使いでも、快感に慣れないエイプリルの体は正直に反応してしまう。それに気をよくしたフェイツランドは、横抱きにしていたエイプリルを寝台に仰向けにして、動かない程度に体で押さえつけた。

「いい眺め」

「……！」

はだけられたシャツから覗く白い腹と柔らかな体、片方の乳首だけ出ているのが何ともそそるのだと、フェイツランドは笑う。羞恥で赤く染まるところまで観察されていたエイプリルの方は、恥ずかしいどころではない。

しかも、

「それで、お前はどうしたいんだ？　ヤーゴのこと」

この状態で話を続けようとするのだから、性質《たち》が悪い。

（確かに言ったけど！　ヤーゴ君の話を聞いて欲しいって言ったけど！）

これはないのではないかと思う。

「団長、こんな格好じゃ話せません。もっと真面目に聞いてください」

「俺は真面目だぞ。ヤーゴ＝キュラールが実家の都合で一時騎士団を休み、帰省している。その理由は実家に対して何かよからぬことを企《たくら》んでいる奴らがいるからだ。ここまで合ってるだろう？」

「……はい」

「それで、お前はどうしたいんだ？　ヤーゴが自分で実家にいるのなら口出しすることじゃないと思うが？　警備隊にも知らせているなら、対処してもらってるんじゃないのか？」

「それなら僕もそこまで心配しません。でも、警備隊も対処するって言っただけで実際には何にもしていないみたいなんです」

見回りを増やすでもなく、現場を少し見て検分しただけで引き揚げ、その後は何の音沙汰もない。そして、師範代の怪我だ。

「ヤーゴ君の弟は、武術の大会で他の町に出掛けていて何もなかったそうなんですけど、でも」

「どうした」

「危ないから辞めて別の道場に行く人も出て来てるみたいなんです。近所の人達はこれまで通りの人もいれば、余所《よそ》に移る人もいるくらいなんですけど、貴族の人達がたくさん抜けたらしくて」

「キュラール道場っていったら貴族連中には馴染みのある名前だがな」

「そうなんですか？」

「ああ。数年に一度は高名な騎士を輩出するっていうんで、多少でも上に――この場合は騎士団や警備兵だな、近づきたい連中は一度は行ってみようという気になるらしい。通うかどうかは別としてな」

「そうなんだ……。だったら尚更、騎士団にいて欲しいです」

「それは本人次第だ。ただ、このまま休暇を取り続けるなら先はわからねえぞ」

「僕もそれが心配で。ヤーゴ君、もしかしたら騎士団に戻って来ないかもって思うと……」

もしくは戻って来れないと言い変えた方がいいかもしれない。実家に何かおかしなことが起こっているのなら、すぐ側にいるとはいえ城門で隔てられた城内からでは、すぐに駆けつけることも出来ない。

「根拠はあるのか？　ないなら勝手に決めつけるなって怒るぞ、あいつ」

「根拠はありません」

ただ、ヤーゴは何かを知っているのではないか、犯人に心当たりがあるのではないかとも思うのは、一向に目星がつかないと言っている割にはそこまで慌てていないからだ。連日何か騒動があれば、平とはいえ騎士のヤーゴが手をこまねいて大人しくしているはずがない。

それなのに、実家から動くことをせず、むしろ動かないことで牽制《けんせい》しているようにすら見えるのは、ヤーゴという友人を買い被っているからだろうか。

「僕に何か出来ればいいんだけど」

だが力になりたくても何が出来るかわからない。友人の現状を知ってしまった今、ただ静観しているだけで終わらせたくないと思ってしまうのだが――。

「止めておけ」

胸に顔を近づけていたフェイツランドがふと、顔を上げて言う。

「何もわからないまま口を挟むと余計に拗《ねじ》れてしまうぞ。ヤーゴが黙っているなら、お前がどうこうするもんじゃない」

「それは……っ！　でも」

「友人が困っているのを助けたい気持ちはわからなくはないが、時と場合による」

「今はその時じゃないってことですか？」

フェイツランドは答える代わりに胸の突起に舌を這《は》わせた。既に立ち上がり敏感になっていたそこは、ひと舐めでさらに固く尖《とが》り、フェイツランドが唇で挟みながら笑ったのがわかった。

「だんちょ……っ」

「団長じゃねえだろ。こういう時には何て呼べばいいのか、教えただろう？」

吐息が胸を掠《かす》め、エイプリルは「くっ」と顔を歪ませた。圧《の》し掛かる男の体は簡単にエイプリルを寝台に縫い留め、重なった下肢に押し付《つ》けられる昂《たかぶ》りはフェイツランドが何を求めているのかをこれ以上ないほど雄弁に伝えている。

「ほら、呼べよ」

フェイツランドの方もエイプリルの意識が下に向いているのがわかっているのか、重なった部分を押しつけたり、上下にずらして擦《こす》ったりと、続きを催促するように動かす。

「フェ、フェイツランド……」

「なんだ？」

「まだ、話終わってない……です」

「もう終わった。ヤーゴに関してはお前の出る幕じゃない」

「それは……ん」

シッと短く言ったフェイツランドは、自分の唇でエイプリルの唇を塞いだ。

「ヤーゴも騎士だ。奴に任せておけ。くれぐれも勝手に突っ走るんじゃねえぞ」

それに対して頷いたのか首を横に振ったのか、エイプリルはあまり覚えていない。なぜならば、その後はもうすべての会話を忘れてしまうほど激しい愛撫を施され、飛ぶような意識の中でフェイツランドに抱かれ続けたからだ。

ただ、どうにかしなければという思いは常にエイプリルの中にあった。

道場で見た時のヤーゴの少し険しい表情と、騎士団にいる時のやる気に満ち溢《あふ》れている顔と、どちらの顔を見ていたいかなどわかりきったことだ。

(団長は手を出すなって言ったけど)

何か出来ることはないだろうかという思いは、エイプリルの中にはずっと残っていた。


それはもしかしたら偶然の産物だったのかもしれない。

「――から、今度は――がいいんじゃないか」

「思い知らせ――なきゃな。王子と親し――――に団長と――――てるのは許せん」

「生意気な平民に――――知らせてやらなきゃな」

「まだ懲《こ》りてないいんだろう？　道場を――すのはどうだ？」

午前の稽古が終わり、午後の稽古までの間にプリシラを外に連れ出して遊ばせていたエイプリルの耳に、数人の男の声が聞こえて来た。

お気に入りの植え込みの中に潜り込んでしまったプリシラを引っ張り出そうと地面に腹這いになっていたエイプリルの姿は、彼らには見えなかったらしい。

小さな声で内緒話をするというよりも、どこか尊大で声高に話す彼らは、時々ヤーゴと一緒にいるの

を見かける貴族の騎士だった。先頭を歩く灰色の髪の若者の名前は、

（ハッカー＝マッチネンさんだっけ）

以前は顔と名前はおぼろげだったが、最近になってエイプリル自身が彼と同じ組で任務に当たったことがあり、家名も覚えている。ただ、向こうは常に仲間の貴族騎士を連れており、必要以上に言葉を交わすことはなかった。

（それにあの人、僕のことは眼中にないみたいだったし）

エイプリルというよりも、自分以外の他の人には興味も関心もないように見えた。多くの騎士がそうであるように、団長や幹部には一目置いているようだが、それは「強さ」に対してというよりも「前国王」という身分に対するものが大きかったように思う。

（何を話しているんだろう？）

内輪での盛り上がりにしては、物騒な単語が聞こえて来て、エイプリルは起き上がらずに彼らの姿が完全に視界から消えるのを待つことにした。

それなのに、

（どうしてそこで立ち止まるかなあ……）

確かに、陽射しがきつい昼日中、頭上に緑の枝を広げた大木があるここなら、日陰もあって立ち話をするには最適だ。ただ、謀《はかりごと》を話すには不用意過ぎるとも思うのだ。もしかしたら彼らは悪いことを企んでいるつもりがないのかもしれない。

だが、時折聞こえる笑い声には暗さと投げやりにも感じられる乱暴さが含まれており、

（うん、僕が聞いてることを知られちゃまずいよね）

というわけで、エイプリルはひたすら地面と仲良くしていた。鼻先に雑草の葉が当たってくすぐったいが、くしゃみは我慢だ。幸い、地面と似たような薄い褐色の服を着ているので、色彩的にも目立つこ

となくほっとする。これが赤毛に若草色の瞳という顔立ちの華やかさに加え、髪にも耳にも腕にも指にも、考えられるあらゆるところに装飾品をつけているマリスヴォスなら、まったく違った結果を生んだことだろう。

エイプリルの一番目立つ金髪は、植え込みの中に突っ込んでいるので問題なしだ。

（プリシラ、そのまま起きないでね）

一角兎《うさぎ》の飼い主がエイプリルなのは騎士団内では周知だから、目を覚ましたプリシラが動けば近くにエイプリルがいないかを彼らは気にするだろう。

こういう時、大人しくて一度眠りについたらほとんど動かない一角兎——通称眠り兎の性質は有難い。

早く立ち去ってくれと願いを込め、呼吸も出来るだけ控えているエイプリルだが、彼らはなかなかそこから立ち去ろうとはしない。

「ちょっと団長の覚えがいいからって図に乗ってるよな、あいつ」

「平民の癖に生意気なんだよ。俺たちと一緒に稽古すること自体がそもそもの間違いなんだ。そう思うだろう？　ハッカーも」

「栄光あるシルヴェストロ国の騎士団に平民はいらないな。陛下をお守りする騎士に教養のないのが紛れていたら、品位に関わるからな」

「ですよね」

「団長や副長が許可するから仕方なく大目に見ているが、俺が部隊長だったら即除隊を命じる。理由なんか後から幾らでもつけられるし、俺にはそれを根回しするくらいの権力もあるしな」

「頼もしいですね。早くハッカーさんに昇進して欲しいですよ。その時には是非俺たちを引き抜いてください」

「任せろ。俺も早く自分の部隊を持ちたいぜ。そうすれば、目障りな平民あがりの奴らと一緒になることはまずないだろう？」

「本当に。少し腕が立つからって、貴族より先に昇進するのは由々しき問題ですよ。あ、もちろんハッカーさんの方が強いのにっていう前提です」

「昇進って、あいつか。お前が少しだけ行っていた道場の奴か」

「ああ。親がどうしてもというから通ってやったんだが、俺には合わなかったからすぐ辞めたところだ。まさか騎士団に入るとは思わなかった」

そこでもう一人の男がくっくっと笑った。

「その時に怪我させられたんだっけ？」

「粗暴な平民の剣のせいでな。俺が手加減してやっているのに気づきもしない素人が剣を持つのが間違いなんだ。抗議してすぐに辞めたが、道場を潰さなかったのは俺の温情だ」

「なのに、どうして今？」

チッという舌打ちが聞こえた。


「――あいつ、調子に乗ってるからな。団長の世話役の王子と仲がいいのかどうか知らないが、第二師団長やシャノセン王子ともよく一緒にいるだろう？　俺が道場を潰さなかったおかげで今があるっていうのに、暢気なことだ。団長たちのお情けで通わせて貰っているのを少しは自覚して欲しいと思わないか？」

「確かに。平民が入る枠があるくらいなら、もっと貴族が入ってもいいですよねえ」

「あいつ、お前のことを覚えてないのか？　雑用を言いつけても文句を言わずにするが」

「覚えてると思う。でも貴族様には逆らえないって、騎士団に入ってわかったんだろうよ」

「ハッカー、お前、本当に悪い奴だなあ。気に入らないからって雑用を命じて、おまけに実家の方にも圧力掛けて、言うこと聞かなきゃ実力行使」

「喜んでついて来たのはお前だろう？」

「まあな。親父に見つかったのは間が悪かったが」

結果的にはあいつが騎士団を出て行ったのは幸いだったと男は笑い、それにハッカーや別の男が追従して笑う。

その会話を腹這いになったまま聞いていたエイプリルは、体全体に冷水を掛けられたような怖さを感じていた。

（騎士団を出て行ったって……親父って……それってまさかヤーゴ君……？）

それならヤーゴが今抱えている実家の問題は、ヤーゴとこの貴族の若者との間にある溝が問題なのだろうか。

（違う、溝なんていう小さなものじゃない）

彼らは明らかにヤーゴを見下していた。平民だから弱い、平民だから貴族には従わなければならない。短い会話の中に出て来ただけでも多くの悪意ある言葉は、彼らが心の底からそう考えていることを示していた。

（ひどい……）

貴族にありがちな横柄な態度の人だとは思っていたが、まさか直接手を下すような真似《まね》をするまでとは思っていなかった。

実際に、態度が尊大なだけの貴族なら他にもたくさんいるのだ。平民出身の騎士とは馴れ合わず、任務以外での生活全般を重ならないように過ごす騎士は、これだけ大所帯なのだから一定数はいる。逆に言えば、大所帯だからこそ関わらないで過ごすという選択も出来るのだ。

嫌いなもの、苦手なものを避けるのと同じ心理で、側にいたくないという感情を抱くのは、共感は出来ないがわからないわけではない。

ただ、それを露骨に出すとなれば別だ。これが市井の学校などではもしかしたら派閥や階級による組織の対立があるかもしれない。騎士団に入ってからも巡回中の街中で、貴族と平民や商人が揉めているのを止めに入ったことも何度かある。

（でもあの人は違う。自分の気に入らない人はとことんまで苛める人だ）

甚振《いたぶ》る――。苛めるなどという可愛い言葉ではない。

彼らはまだしばらくそこに立ち止まり話をしていたが、やがて「腹が減った」と一人が言い出して離れて行った。

彼らの靴音が聞こえなくなってからも少しの間その場にうつ状せになっていたエイプリルは、植え込みの中からプリシラを引っ張り出して抱え、立ち上がった。長く地面に腹這いになっていたせいで、体中に土や草がついているが、それよりも今聞いたばかりの話を確かめるのが最優先だ。

「行かなきゃ。行ってヤーゴ君に聞かなきゃ」

午後からの予定を頭の中で確認する。長めの昼休憩の後は、ジャンニを講師にしての武器の取り扱いについての実技と講義だ。それまでに戻って来ればいい。

「よし！」

エイプリルは自分に喝を入れると、宿舎に向かって走り出した。部屋にプリシラを寝かせて、それから馬に乗って首都に下りればヤーゴの道場はすぐだ。

「やあ、エイプリル」

門を出る時に、郊外の巡回帰りのシャノセンとすれ違ったが、挨拶もそこそこに愛馬を走らせた。

（ヤーゴ君、本当のことを教えて）

「あれ？　エイプリル王子。もう戻って来たのかい？」

ほんの短い時間で城内に戻って来たエイプリルを

見かけたシャノセンの淡灰色の瞳が、驚いたように見開かれた。

「シャノセン王子、こんにちは。さっきはごめんなさい。急いでいて」

小径《こみち》をとぼとぼと歩いていたエイプリルは、見知った顔に眉を下げた表情のままぺこりと小さく頭を下げた。

「なんだかしょんぼりしているけど、団長と喧嘩でもしたのかな？」

「いえ、団長は何も。ただ、ヤーゴ君と少し……」

「何かあった？」

ヤーゴを知っているシャノセンは、首を傾げた。

「意見の相違というか、少し怒られてしまって……」

喧嘩と言えばそうなのだろう。

道場まで駆けて、それから家のことを尋ねて、貴族の騎士たちに嫌がらせをされているのではと問うたエイプリルにヤーゴは言ったのだ。

「関係ない」

と。

その上で、力になれることがあれば何でも言って欲しいと告げたのだが、これにも「お前は手を出すんじゃねえぞ」と言われてしまった。

「――せめて、少しでも力になれればと思ったんだけど、ヤーゴ君にはそれも迷惑だったみたいで……」

何も詳しいことはシャノセンには話していない。話してよいかどうかもわからなかった。

しかしシャノセンは薄い茶色の髪を揺らして首を傾げただけで、すぐにエイプリルの肩に手を乗せた。

「迷惑がどうかは本人しかわからないよ。もしかしたら、何か考えがあってのことかもしれないだろう？　ヤーゴの側にすれば、エイプリル王子に迷惑が掛からないように距離を取ろうとしたのかもしれない。よくあるんだよ、そういうことは」

「そうなんですか？」

シャノセンはにっこりと微笑《ほほえ》んだ。元が柔和で上品な顔立ちをしているせいか、この顔で微笑まれると気持ちも少し落ち着く。

「もう少し間を空けてから会いに行ってみるといいかもしれないね。それでどうしてもエイプリル王子が納得出来ない時には、団長に相談してみたらどうだろう？　もちろん、私も相談には乗るつもりだけれど」

エイプリルは小さくコクリと頷いた。

貴族との確執が絡んでいるのなら、確かに他国の自分が口を出すよりも貴族社会の仕組みと立ち回り方をよく知っている人の方が適任だろう。直接的な手は貸して貰えなくても、助言を聞いてそれをヤーゴに伝えることは出来る。

「――そうしてみます。僕も慌ててヤーゴ君に詰め寄り過ぎたかもしれないから」

冷静に尋ねたつもりだが、ハッカー――貴族たちの話を聞いた直後だったため、頭に血が上っていたかもと、今になって思う。

（でも、犯罪は絶対に許せない）

普通に考えても罪なのに、民を守るべき騎士がそれを行ったのが事実なら、騎士団の綱紀に反するだけでなく、王と民と国に対する裏切りだ。

（証拠が必要、なのかなあ）

エイプリルが偶然聞いてしまった話だけで、フェイツランドやノーラヒルデは動いてくれるだろうか？　先に裏を取ってからの方がいいだろうか？

逡巡《しゅんじゅん》は少しの間で、やはりこういうことは一人で何とかしようとするよりも、しっかりと考えて対処してくれる然《しか》るべき人に話しておいた方がいいと判断する。

（ヤーゴ君は怒るかもしれないけど）

これはもう、ヤーゴとハッカーたちだけの問題ではなく、騎士団の名誉に関わる問題だ。それこそ、後からフェイツランドが知ったなら、黙っていたエイプリルもまた叱られてしまいそうだ。

「ありがとうございます、シャノセン王子。お話しして、僕の中で何とかしなきゃいけないことがわかりました」

「そうかい？　それならよかった」

「はい」

シャノセンに会わなければ、この後の講義も上の空で迎えたかもしれない。せっかくの実技と講義なのに、真剣に聞かなければ講師をしてくれるジャンニにも悪い。

「僕はこれからジャンニさんの武器講習に行くんですけど」

「奇遇だね。私もだよ」

それなら一緒に行こうかと二人とシャノンセンの従者であるサルタメルヤが講義の場になる稽古場に移動しようとした時である。

「そこのお前たち、道を尋ねたいのだが」

歩き始めた背中に話し掛けられ、三人が揃って振り返ると、異国風の衣装に身を包んだ三人の男が立っていた。

その時にすぐに頭の中に浮かんだ疑問は、

（シルヴェストロの王族？）

である。

というのも、真っ先に目を引いたのは、声を掛けたと思われる灰色の服の男の後ろにいる、腕組みをして立つ赤銅色の髪をした若者だった。

フェイツランドやシルヴェストロ国王を見ればすぐにわかるように、シルヴェストロ国の王族は多くが赤い髪を持つ。赤と言っても、フェイツランドのような銅のような色もあれば、金が強い赤毛のシルヴェストロ国王もいるし、赤褐色や橙《だいだい》に近い赤もある。マリスヴォスも同じように赤毛だが、王族とは決定的に違うもっと鮮やかな赤のため、王族と間違われることは逆にないそうだ。

そして金色の瞳。実際に金色の瞳を持つものは少数だが、王族の中では傑出した才能を持つ場合が多いため、生まれた時から注目を浴びているのだと先日一緒に食事をしたシルヴェストロ国王が教えてくれた。それもあって、幼い頃から次期国王とみなされ、フェイツランドの養子になったのだとも。

では、目の前の男はどうなのだろうかと考えてしまうのは、王族を知っているエイプリルやシャノセンなら当然のことだ。

（髪の毛は赤いけど目が違うんだ）

癖のある短い赤褐色の巻き毛。それから陽に透かせば金に見えなくもない薄い茶色の瞳は、エイプリルとシャノセンの答えを待つようにじっとこちらを見つめている。

大柄な体軀《たいく》からは、自信が強く漲《みなぎ》っているように感じられた。尊大とは違うが、傅《かしず》かれることに馴れた貴族特有の雰囲気が若者を取り巻いている。

若者――そう、恐らく年齢はヤーゴやシルヴェストロ国王と同じように二十五かそこらだろう。

「聞こえなかったのか？　道を尋ねているのだが」

黙ったまま観察していた二人に、灰色の服を着た男が尋ね、それに応えたのは、シャノセンだ。最初はサルタメルヤが口を開き掛けたのだが、それを目配せで抑えたシャノセンは、微笑みを浮かべたまま尋ねた。

「失礼しました。どちらをお探しでしょうか？」

「本部というのか、シルヴェストロ騎士団の責任者がいるところに行きたい」

「責任者……たぶんいらっしゃると思いますが、お約束は？」

「約束はないが、もう十日も前から頼んではいた」

それで許可を貰えないものだから無理矢理に来たのだろう。城内の中にある騎士団の敷地に明確な区分はない。特に門があるわけでもないため、敷地内に入ろうと思えば誰でも入ることが出来るのだ。よくお忍びで国王がやって来るのも、煩わしい手続きが不要だというのが大きい。

だから、彼らが騎士団の敷地に入るのに何ら問題はないのだが、本部となると話は変わって来る。

（あの人たちが着てるのは他の国の服だ）

住んでいる場所により意匠に多少の国柄は出るが、シルヴェストロ周辺の国では服装にあまり変化はない。だから、一見してどこの国の人かわからない旅人も多いのだが、若者以外の男たち二人は明らかにシルヴェストロでは滅多に見掛けない縁や裾などに編み込み模様が入った灰色の長衣を着ていたのだ。

そんな他国の人間をシルヴェストロの軍事力の中枢に簡単に入れるのがよくないことくらい、エイプリルにはわかる。二人三人どころか、武勇伝を聞く限り百人二百人が襲撃して来ても、ノーラヒルデ一人がいれば撃退可能なことも想像出来る。だがそれと、簡単に見知らぬ人を中に入れるかどうかは別問題なのだ。

「では本部の前までお連れします。責任者に取り次いでどうするかを判断していただきましょう。それでよろしいですね」

丁寧な口調だが、確認するのではなくそれ以外の方法は拒否するということを暗に含ませた内容をシャノセンが告げた時、

（こういうのも処世術って言うのかな）

エイプリルは単純に「すごい」と感心していた。優しげな顔立ちだが、これ以上ないほどはっきりとした主張は、ルインとは違う王室で育ったという環境と本人の資質によるところが大きいと思われる。

そして、シャノセンの提案の本音の部分に気づいていない他国の三人は、自分たちの要求が受け入れられたと鷹揚《おうよう》に頷いた。

「すぐ近くです」

こちらにと歩き出すシャノセンを見ながら、エイプリルはどうしようかと考え自分も一緒について行くことにした。ジャンニの武器講習は大変魅力的だが、騎士団内で他に騎士が歩き回っている開けた場所であっても、シャノセンとサルタメルヤだけを案内人とするのはやはり気が引けたのと、安全を考慮したからだ。

黙ってついて来るエイプリルを見たシャノセンの目が「おや？」とほんの少し丸くなり、仕方ないなというように苦笑した。

（だって、もしも僕が案内しようとしたら絶対にシャノセン王子はついて来ると思う）

頼りないと思われている部分が大きいが、王子という身分についても配慮するはずで、それはそのままシャノセンとエイプリルの役割を替えても通用するものだ。

先頭をシャノセンが、そして三人、その後ろをエイプリルはゆっくりと歩きながら、すぐ目の前を歩く若者の後ろ姿を見つめる。

（他国の人だけど、シルヴェストロに来たってことは誰か親戚でもいるのかな。赤い髪だから、王族の方と繋がっているのかな）

王族の親戚に会いに来たついでに騎士団を見学しようという気になったとしても、別に不思議ではない。それほどまでにシルヴェストロ国騎士団が有名なのは、まだ一員になって日が浅いエイプリルにもわかる。

そして同様に、首都シベリウスの人たちからは「迷惑な人たち」という認識を持たれていることも。親戚がそっちの意味での騎士たちも知っていれば、わざわざ「危険な者」に近づけたいとは思わないだろう。武勇を好む生粋のシルヴェストロ国民としてはどうなのかと思わなくもないが、全員が全員武事に秀でているわけでもないので、理由としてはわからなくもない。

（それにしても、団長といいジュレッド陛下といい、王族の方って堂々としてるなあ）

さっきの会話にしても、灰色の男たちの方が若者に気を遣っているという印象を受けた。それだけでも身分が高いだろうことが窺《うかが》われる。

急ぎの用ではないとわかっているからか、先を歩くシャノセンの足取りはゆったりとしている。そこでエイプリルは、

（あれ？）

と首を傾げた。

（サルタメルヤさんがいない……。どこ行ったんだろう）

途中まではシャノセンの一歩後ろを歩いていたはずだが、いつの間にか従者の姿は消えていた。前にある大柄な背中を眺めていたせいで、サルタメルヤの不在に気づくのが遅れてしまったらしい。従者が自発的に離れるはずがないから、恐《おそ》らくシャノセンが何か用事を言いつけたのだろう。

ゆっくりとした足取りでも本部にはすぐに着く。

「こちらが騎士団本部です」

立ち止まったシャノセンが扉を前にして告げると、三人はほっとした顔になった。屋根の上に翻る、竜が剣に絡みつく深紅の団旗を見上げ、ほうと小さく感嘆の息を吐き出した。

世界に名だたるシルヴェストロ国騎士団。その頭脳とも言うべき場所がここなのだ。日頃から本部内にある食堂に通う騎士にとっては尻込みするような建物ではないのだが、やはり外部から来る人には、どこか厳粛な雰囲気を感じさせるものらしい。

案内された三人はしばらく本部の建物を観察していたが、やがて満足したのか、赤褐色の髪の若者が初めて口を開いた。

「ここがシルヴェストロ国騎士団か」

そして、

「次期国王として是非とも見ておかねばならないな」

と、それはもう楽しそうに言った。その薄茶色の瞳に浮かんでいるのは、欲しかったものを手にした時の喜びのようなもので、自分のものになると確信している何かがあった。

だが、若者の喜びはエイプリルとシャノセンにとっては寝耳に水の話で、思わず二人で顔を見合わせてしまった。エイプリルなど「え？」と小さく声に出してしまったほどだ。二人は近づいて小声で情報を確認し合った。

（エイプリル王子、君は知っていたかい？）

（いえ、全然知りませんでした。シャノセン王子も？）

自分より長くシルヴェストロ国にいるアドリアン国のシャノンセン王子ならと小声で尋ねるも、答えは「知らなかった」である。

次期国王ということは、現在玉座にいるジュレッド・セルビアン＝マオの次に王冠を頭に戴《いただ》くことに他ならない。

（でも……）

エイプリルとシャノセンの困惑の原因は、何も次の国王にこの若者が選ばれたというだけでなく、この若さで――というのが大きい。

現国王ジュレッドの統治能力はかなり高く、歴代でも十本の指には入るだろうと言われている。この十指にフェイツランドが含まれないのは、軍事的には高い能力を誇り、国民の生活を導く為政者として見た時に非凡ではあるが、それより勝る人が十人はいるからだ。

本人がよく言うように、

「書類仕事や会議は面倒だ。外交？　俺に出来ると思うか？」

そんな感じで、城勤めの文官諸氏泣かせだったとか。

（大雑把なんだよね、団長って）

よい結果を導くために道を築くという過程を飛ばして、いきなり目標に飛び掛かるという表現がぴったりで、本人の異名「黄金竜」というのにも強さ以外の別の意味で納得してしまう。

そんなフェイツランドの跡を継いだのが養子のジュレッドで、その跡を同じ年代のこの若者が継ぐというのは、エイプリルとシャノセンにはかなり突拍子もない話に思われてならなかった。

（これってシルヴェストロ国では別におかしなことじゃないのかな？）

似たような年齢の国王に交代するとなると、それなりの理由が必要になるのが一般的だが、現国王の体調が不良だとも精神状態が悪いとも、政務に飽きたという話も聞いたことがない。

聞いたことがないばかりか、つい三日前には騎士団の食堂でじっくり焼いた骨付きの腿肉《もも》にかぶりつき、泡麦の酒を他の騎士たちと何杯も飲んでいるのを見たばかりだ。書類仕事の愚痴を零すのもいつものことで、周囲も笑いながら慰めるというよくある光景が展開していた。

（それに団長も何も言ってなかったし）

心当たりがあるとすれば、最近になって城に日参しているフェイツランドのことくらいで、一番怪しいのはこの行動だ。フェイツランドが窮屈な城を嫌っていることは騎士団ばかりか、王城にいるほとんどの者が知っている。それなのに、行きたくないと毎朝駄々を捏ねつつも向かっているのだ。国境警備の名目で首都を出ることも可能な権力を持っているのに、それを行使しない。

そこに来て、この赤褐色の髪の若者の次期国王宣言だ。首都を離れることが出来ない理由があるとすればこの件しか考えられない。

いきなり齎《もたら》された情報に戸惑っているエイプリルだが、相手は建物を見ることではなく、中に入るのが目的だ。

「行くぞ。責任者がどんな人物なのか確認しよう」

あまりにも自然に堂々と扉を開けようとするものだから、一瞬行動が遅れたエイプリルは、

「待ってください」

慌てて声を出した。

「先ほど面会の許可がないと仰《おっしゃ》ってました。中に入るのは少し待っていただけませんか？」

「――なぜだ？　なぜ待たなくてはいけない？」

「騎士ならともかく、ここは許可なく入っていい場所ではないからです」

食堂で騎士たちが寛ぐ姿や、本部の廊下で談笑する光景からは大した場所ではないように思われがちだが、この騎士団はシルヴェストロ国の要でもある。

政治を行うのが城なら、武力を行使する権力と権威が集まるのが騎士団本部だ。

次期国王という身分は自称であって、シルヴェストロ国の誰かに聞いて確認したわけではない。何らかの密命を帯びて潜入した他国の諜報員《ちょうほういん》の場合もあるのだ。

城門を潜ったからと言って、本物だとは限らない。

（そうか……。僕も不審者そのものだったんだ）

かつて城門に辿り着いたエイプリルを中に入れなかった門番の判断は、今思えばやはり正しかったのだろう。国王宛ての親書の封を開けるわけにもいかないのだから、中から達しがない限り入れないのは、職務に忠実であろうとすれば守らなければならない第一の決まりごと。

「俺は次期国王だぞ。お前たちの主《あるじ》になる男だぞ」

「僕たちの国王はジュレッド陛下で、あなたじゃありません」

言い切ったエイプリルを見るシャノセンの淡灰色の瞳は驚いたように見開かれ、すぐに微笑を浮かべた。

「彼の言う通りです。それに」

シャノセンは姿勢を伸ばし、自分の剣の柄《つか》に片手を乗せ、もう片方の手を真っ直ぐに深紅の団旗に向けた。

「我々の意思はあの黄金竜の下にあります」

全員の目が上に向く。

シルヴェストロ国旗と並んで掲げられている黄金竜の旗。

そしてその黄金竜は比喩ではなく確かにいるのだ、このシルヴェストロ国に。

シャノセンが放つ王族と騎士の威厳は、何も知らない男たちの口を噤《つぐ》ませるに十分だった。温和な顔で微笑んでいるが、このアドリアン国の王子もまた黄金竜に魅せられて、この国に留まっている一人なのだから。

先に進むか留まるか、それとも退《ひ》くか。

本部を背後に扉の前に立つシャノセンとエイプリル、それに向かい合う形で立つ三人の男。

ちらりと横目で見れば、建物の中から外の様子を窺《うかが》う気配がする。通り掛かった騎士たちも何かあれば加勢するぞという興味津々の顔で、少し離れたところから様子を見ている。

食事の時間をかなり過ぎているため、稽古や実技、講習、任務と騎士たちが本部から出払っていたのは幸いだったかもしれない。

国王宣言もそうだが、自分より強くない人物に頭ごなしに命じられて素直に従えるほど、ここの騎士たちは従順ではないのだということを、エイプリルはよく知っている。

腕は一流だが、自己顕示欲や自我が強く、癖がある連中を束ねることが出来るのは、黄金竜――破壊王だけ。制御のためには隻腕の魔王が必要で——と考えれば、どう考えても目の前の自称「次期国王」様には無理な話だ。

確かに威圧感はあるが、それは指導力や求心力にはならない。そこにいるだけで感じる畏怖のようなもの、数万人の騎士たちを総《す》べるために、シルヴェストロ国騎士団の団長にはそれが不可欠なのだと思う。

「——力づくで通ると言ったら？」

「騎士を前にしてそれを言いますか。出来るものならどうぞ？　あなたには無理だと思いますが」

シャノセンは笑った。若者の怒気が膨れ上がるが、隣で見ていたエイプリルはのんびりと思った。

（僕は離れていた方がいいかなあ）

双方共に帯剣している。まさか本部の前で剣を抜いて斬り合いになることはないと思いたいが、向かって来られたら別である。シャノセンは問答無用で相手を石畳の上に叩きつけるだろう。

エイプリルの中では戦う前からシャノセンの勝利が確定していた。それをわかっているのなら、相手から突っかかってくることはないと思うのだが、体格差やシルヴェストロ国王一族の血を引いているかもしれないという下手な自信に裏付けされた剣技を持っているのなら、退くことはないだろう。

その読みは当たり、一歩前に出た自称「次期国王」が剣に手を掛け、シャノセンを見る。

「今、道を開ければ許してやるぞ」

「そんなことをすれば除隊させられますね」

あくまでも穏やかに言ったシャノセンは、ほらと顎先で男の背後を示した。当然エイプリルも気がついていた。

騎士団本部の中に絶対いると思っていた人物が、なぜか外で琥珀色の瞳に氷柱《つらら》を浮かべてこちらを見つめているのを。

「シャノセン王子の判断は正しい」

薄水色の上衣の裾を風に揺らして立つノーラヒルデの後ろには、サルタメルヤと小さな黒竜の姿があった。軽く頭を下げたサルタメルヤの様子から、従者はシャノセンに言われてノーラヒルデを呼んで来たのだとわかる。エイプリルは彼が本部内の執務室にいると思い込んでいたが、シャノセンは他の場所にいることを予め《あらかじ》知っていたのだろう。

ノーラヒルデは目を眇め《すが》、顎を逸らしながら左手を真っ直ぐに城の方へと伸ばした。

「城にお帰り願おう。騎士団にあなたの居場所はない」

オービス＝エイド――と、ノーラヒルデは男の名を呼んだ。

「――オービス＝エイド。シルヴェストロの東に隣接するグリンネイドの貴族だ」

ノーラヒルデの迫力に負けたのかどうかわからないが、渋るかと思われた自称「次期国王」オービス＝エイドらは、舌打ちを残して本部から去って行った。その時に、ノーラヒルデがさっと目配せしたのを見ると、見物していた騎士たちに本当に敷地から出るところまでを確認させたのだろう。

あの後、ジャンニの実習に途中参加する気になれず、後から個人的に教えを請いに行こうと思いながら、エイプリルとシャノセンは執務室でノーラヒルデを前に椅子に座っていた。

グリンネイド国の貴族がなぜシルヴェストロの王城の中にいるのかという疑問もさることながら、それ以上に本人が口にした「次期国王」という言葉が二人とも引っ掛かっていたからだ。

「自分で言ったのか？　次の国王になると」

「はい。だから自分の持ち物である騎士団を見ておきたいと」

「責任者の顔も見たいと言ってました。でも」

エイプリルは首を傾げた。

「騎士団の責任者って、団長じゃないんですか？」

オービスの発言だと、彼自身はフェイツランドにまだ会っていないのではないかと思われるのだが。

「騎士団の責任者――正確には頂点は騎士団長で間違いない。この場合はフェイだな」

「でも、さっきの人、オービスさんは城から来たんですよね？　団長に会ってないんでしょうか？」

「そのことなら……」

ノーラヒルデはそれはもう嫌そうに眉を顰《ひそ》めた。

「ジルとフェイが二人して言ったらしい。騎士団のことで話があるなら全部副長に言えと」

あいつがいなけりゃ騎士団は壊滅だ――とも。

「それは……」

「ええと……」


シャノセンは苦笑し、エイプリルは困ったように眉を下げた。彼らの言うことはよくわかる。日頃の勤務態度を見れば、誰が一番苦労して騎士団を切り回しているのか、誰に尋ねても「副長です」という答えが返ってくるはずだ。故に、多少大袈裟《おおげさ》だとしても、事務機能が停止に近い状態になれば壊滅に近いものは生じるだろうというのが、団長と副長を知る大勢の見解だ。

シルヴェストロ騎士団には副長が不可欠。その認識も間違ってはいない。

ただ、国王はともかく、それを騎士団長本人が言うのはどこか違うと、エイプリルは心の底から思うし、

「自覚があるならもっと日頃から騎士団の中で仕事してください」

と苦情を言いたくなる。

もちろん、前提にあるのがフェイツランドやノー

ラヒルデに対する絶対的な信頼であるのは言うまでもない。それは当事者の二人についても同様だ。

何かあっても団長と副長がいれば大丈夫――それは、現在のシルヴェストロ国騎士団において不変の法則だ。

「フェイとジルには私から後で抗議しておく。城の中のことは城の中で片づけて貰わなくては困るからな」

ノーラヒルデはふんと鼻を鳴らした。床に座ったまま、ノーラヒルデの膝に頭を乗せていた黒竜がお気の毒様というように半目を開き、長い尾を揺らした。

実はエイプリルは先ほどからこの小さな竜が気になって仕方がなかった。ルインでの北方三国との戦いの最中に、停戦の報せを持ってやって来たこの竜は一度目にしているが、それ以降は見ることもなく、今日になってやっと見ることが出来たからだ。

あの時もいつの間にか黒竜はいなくなっており、停戦条約締結でバタバタしている間に、存在自体を忘れてしまっていた感がある。

オービス＝エイドの話も重要だが、目が自然に人外の生き物に寄せられるのは仕方がない。

竜という生き物が存在することは知っていたが、ほとんどお伽噺《とぎばなし》のようなもので実際に生きて動いているのを見るのは、この竜が初めてだ。

チラチラとエイプリルの空色の瞳が動いていることは、ノーラヒルデもシャノセンも気がついている。サルタメルヤも同じだろう。

だが、竜は後回しだ。エイプリルは姿勢を正し、ノーラヒルデを真っ直ぐ見つめた。

「オービスさんがシルヴェストロ国王になるというのは本当なんですか？」

「本人はそのつもりで城に来たようだ」

考えるように人差し指を口元に当てたノーラヒル

デは、小さく頷いて口を開いた。

「名前はオービス＝エイド。グリンネイド国王の遠縁に当たる貴族だ。ただし、あくまでも遠縁だから身分としては高いものではない。エイプリル王子はグリンネイド国を知っているか？」

「名前とシルヴェストロ国の属国だということくらいです。水晶の加工以外に特に目ぼしい産業はなかったかと」

「その認識で間違ってはいない」

「グリンネイドと言えば」

シャノセンが思い出すように視線を天井に向けた。

「二十年くらい前に確か内乱があって、その時にシルヴェストロ国の庇護《ひご》を受けて属国になったと記憶していますが」

「その通りだ。元々、グリンネイドは極端な身分社会で富裕層とその下との格差が大きいことで有名で、国民の大多数が貧富の差というだけではない劣悪な環境に置かれていた」

小さな国ではあるが、小さな国だからこそ、得られる糧と外貨のほとんどを権力者たちが占有するために、搾取を行い圧政を敷いていた。だが、そのような長く続いた悪政も立ち上がった有志と国民によって倒されることになる。

「その時に、反体制派に要請されてシルヴェストロ国騎士団が参戦した」

エイプリルは首を傾げた。

「それは許されるものなんですか？　内戦に他の国の軍が介入すると後々揉める原因になるのでは？」

「抜け道があったんだ。当時の国王の甥《おい》が反体制派と通じていた。議会の一部でも細くなる一方の国庫にさすがに危機感を覚えた者も多く、シルヴェストロ国王と約定を交わして騎士団を自国に投入することを決めた」

圧倒的な軍事力を前に、時の権力者はすぐに屈した。その後、新しいグリンネイド国王及び議会とシルヴェストロ国とは、シルヴェストロの庇護の下に政治を行うことで合意、正式な文書が交換された。

「つまり、グリンネイドは独立国だけれどシルヴェストロ国の一つでもあるということですか？」

　エイプリルが発した質問に答えたのは、頭の真上から聞こえた声だった。

「少し違う」

「団長！」

　ぱっと振り返ったエイプリルの目には、襟元を緩めたフェイツランドが立っていた。フェイツランドはエイプリルの頭を撫でると、椅子の背を乗り越えて隣に座り込んだ。

「グリンネイドはあくまでも一つの国だが、まだ内部でごたごたが続いているんだよ。その火種がこっちに来ないようにするのと、またグリンネイドの国民が虐げられるようなことにならないよう見張るのが、シルヴェストロの役目だ。後者に関して言えば、グリンネイド側から依頼されてのことだからな。要は仕事だ」

「じゃあ、シルヴェストロからの申し出じゃなくて、グリンネイド側が依存しているってことですか？」

「早い話がそうだ。ちっぽけな国だろう？　国が持っている軍隊よりも貴族の私兵の方が多かったんだよ。民が彼らに対抗するにはうちを頼るしかなかったってわけだ」

　それが今も続いているということは、二十年を経た今でもまだグリンネイドが安定しているとは言えないということになる。

「そろそろ属国関係から足を洗って、対等な形で調印し直そうっていう動きが出てたばかりなんだがなあ」

　そのために、シルヴェストロ国王も奔走していたというのだが――。

「グリンネイドが何かよからぬことでも？」

シャノセンの問いに、フェイツランドは「口が滑った」と言いたげにチッと軽く舌打ちした。

「それって、次の国王陛下のことと関係あるんですか？」

エイプリルが重ねて尋ねれば、それはもう嫌そうな渋面になった。それだけで何かあると暴露しているようなものである。

「団長」

「団長」

「フェイ」

王子二人にはお願いされるように、片腕には非難されるように呼ばれ、フェイツランドは「仕方ないな」と肩を竦めた。

「簡単にだけ言うぞ。質問も何もなしだ。オービスは自分がシルヴェストロの正当な国王だと言って乗り込んで来たんだ。それで今、議会が揉めている。いや、揉めるほどのこたぁねえんだが、やたらとジュレッドを退位させたがる奴がいてな、裏を取ってる最中なんだ」

「じゃあ、団長がずっとお城に行っていたのもオービスさんのことがあったからですか？」

前の国王として。それから現国王を後継に指名した者として。

エイプリルに真っ直ぐに見つめられたフェイツランドは、

「――そうだ」

と短く答えた。一瞬出来た間は何か別のことを言いたかったのではないかと思わせるものだったが、それを尋ねるよりノーラヒルデが口を開く方が先だった。

「オービス＝エイドについてはフェイと城に任せる。だが自由に歩かせるつもりなら、監視でもつけておけ。それが出来なければどこかの部屋に監禁しろ。

今こっちに来られると迷惑だ」

裏を取っている最中だというフェイツランドの言葉から察するに、そこに騎士団も一部関わっているのだろう。

（それじゃあ確かによくないよね。探られている張本人が来ちゃったら）

抜け目のないノーラヒルデだから、簡単に目に触れるような場所に重要書類や機密文書は置かないだろうが、部外者がいることで生じる不和と不穏はただでさえ忙しいノーラヒルデの神経を逆撫でするに十分過ぎる。

「私の名を出すな。責任者は自分だという自覚を持て」

うんうんと頷くエイプリルとシャノセン。寝ていたはずの黒竜の尾も肯定するように揺れ、それに気づいたフェイツランドは「味方が誰もいない……」と小さくぼやいた。


「国王の進退問題。この件に関してお前とジル以外誰が適任者になれる？」

フェイツランドはやれやれと溜息を零した。

「正論だな。というわけでエイプリル」

「はい？」

「しばらくはまだお前を構ってやれないが寂しくても我慢しろよ」

エイプリルが気がついた時には、肩は引き寄せられ、頭の上に口づけを落とされていた。

「だ、団長！」

慌てて逃れようとするも、そのままがっしりとした腕に摑まれて抱き込まれてしまう。

「いいじゃねえか。朝と夜しかお前とこうしていられないんだ。たまの息抜きくらいつきあえよ」

「あの、公私混同……」

ちらりちらりとシャノセンとノーラヒルデの様子を窺うが、シャノセンとサルタメルヤは微笑ましいものを見るような目つきで、ノーラヒルデの方はすでに机の上から持って来た書類に目を通している。何をしているんだと呆れてはいるようだが、黙認されていることに、エイプリルは少なからず落ち込んだ。

「……疲れてるんですね」

「おうよ。だから癒せ」

「プリシラでも抱っこしてたらどうですか？　最近、あんまり遊んでないんでしょう？」

「寝てばかりだからな、あいつは。腹の上に乗せて寝たら気持ちいいだろうなあ」

「そうですねえ」

それにはエイプリルも大いに賛同する。

「ヴィスくらいでかいと重いだけだしな。それにふわふわじゃない」

「ヴィス？」

首を傾げると、

「あいつだ」

フェイツランドは顎先でノーラヒルデの足元に座る黒竜を示した。

「クラヴィス。ノーラヒルデの下僕だ」

「下僕！」

思わず出てしまった大きな声のせいか、黒竜の目がパチリと開いた。真ん中に金色の虹彩が走る黒曜石のような真っ黒な瞳は、エイプリルの横のフェイツランドを見て、ふいと顔を逸らした。どうやらお気に召さなかったらしい。

「下僕で間違いねぇだろうが。愛玩動物って面じゃないぞ、お前は。愛玩動物ってのはな、うちのプリシラみたいなやわっこくて、ちっこくて可愛いのを言うんだ」

エイプリルは大きく頷いた。プリシラの可愛さは、そこらの犬猫兎に絶対に勝っていると信じている。

黒竜は呆れたように、そして自分の擁護を求めて

主《あるじ》を見上げたが、

「違いない」

ノーラヒルデ本人からも下僕宣言され、黒竜は抗議するように何度もノーラヒルデの足の甲を前脚で踏みつけた。

シャノセンが口元を押さえて笑いを嚙《か》み殺しているのを見る限り、あながち下僕も間違いないのかもしれない。

しばらく談笑を続けたが、また城に戻らなければとフェイツランドが立ち上がったのを切っ掛けにエイプリルたちも本部を後にすることにした。

去り際、

「フェイ」

ノーラヒルデの呼びかけに振り返った男は、右腕の顔を見て、金色の瞳を細めて笑いながら頷いた。

「――わかってる。虚仮《こけ》にされたままにはしておかねえよ」


本部へ行ったついでに、ヤーゴとハッカー＝マッチネンら貴族騎士たちのことをそれとなくノーラヒルデに話せばよかったと気がついたのは、シャノセンと一緒に夜の食事を終え、プリシラに餌を食べさせている時だった。フェイツランドはまだ帰っておらず、ノーラヒルデの姿も食堂にはなかった。ジャンニは城下警備中で、大抵エイプリルと一緒にいるマリスヴォスも、先日一緒にヤーゴの道場に行った後に、また一軍を率いて首都から離れていった。

「臨時任務なんだよ」

そう言ったマリスヴォスの顔には嬉しそうな色が浮かんでおり、首を傾げたエイプリルに、赤毛の青年は上機嫌な理由を教えてくれた。

「臨時だから特別手当がいつもより多くつくんだよ。

三割増しくらいだったかなあ」

「へえ、いいですね」

祖国に仕送りをしているエイプリルには、とても喜ばしい仕組みである。

「でも臨時なら、大変なんじゃないですか？」

シルヴェストロ国は広大だが、そのどこにでも騎士団の一部隊は駐屯している。それがわざわざ首都から派兵しなければならない事態となれば、きな臭い話が出て来ているのではと疑うに十分だ。

周辺国以上に、シルヴェストロ国民は騎士団の動向に敏感だ。通常の交代とは違う時期に有名な赤毛の師団長が先頭に立てば、かなり不安が広がるのではと逆に心配したのだが、

「だからオレなんだよね、実は」

と朗らかに笑った。

「だって、オレがいきなり首都を離れるのは少なくないからね。首都の近所に住んでる人たちなんか、また第二師団か、エシルシア師団長何かやったかな——くらいにしか思わないからね」

それはそれでどうかと思うのだが、本人が笑い話にするくらい納得しているからいいのだろう。

「……もう一度ヤーゴ君と話をしてみようかな」

昼間は自分も焦っていてうまく話すことが出来なかったのではないかと一度考えてしまえば、喧嘩別れのようになったまま明日を迎えるのは何となく嫌な気になるものだった。既に宵も深まっては来ているが、町で食事をする者たちも多く、また城外に屋敷を構える役人たちのために閉門時刻にはまだ間があり、城下のヤーゴの実家まで行って戻るだけの余裕はある。

プリシラが食べ終わった皿を片づけたエイプリルは、外出用の上着を着込むと、フェイツランド宛てに書き置きを一枚残して部屋を出た。

——ヤーゴ君と話をして来ます、と。

昼間と同じように愛馬で駆ければすぐで、多少話し込んだとしても日付を越える前には戻って来るつもりだった。遅くなればフェイツランドが迎えに来るだろうことも頭に入れた上で、エイプリルは城を出てヤーゴの道場へと向かった。

夜の首都シベリウスを歩くのは、そう多く経験することではない。マリスヴォスに連れられて何度か夜の食事を外で取ったことはあるが、大抵の場合はフェイツランドや誰かしら知っている人が一緒だった。

それが今は一人。

（賑やかなのとは少し違うのかな）

ざわざわと陽気な雰囲気が通りに充満している。祭りの時に似ているが、性質はまるで違う。まさに酔いで高揚した気分がそのまま表に出て来ているのだ。普段よりも声を大きくして話す人々、大きな笑い声。子供の姿は見えず、大人たちが楽しむ虚飾の世界。

騎士たちの中にも夜になると城下に繰り出す者が多く、寄せられる苦情にノーラヒルデが頭を痛めているのも知っているが、昼とは違った顔を見せる夜に魅せられるのは少しだけわかる気がした。

（僕はまだ子供だからよく知らないけど、大人の人には必要な時間なのかもって思うし）

それくらいにはシルヴェストロ国に来て成長したと思う。ルインにいた頃は、この時刻にはとっくに夢の中だ。

ただ、かつてはフェイツランドもそうだったのかもと考えれば、胸の内は穏やかではない。過ぎたこと、今は違うとわかっていても、もやもやとしたものがまったくなくなってしまうわけではないのだ。

「それを言い出したら、駄目なんだろうなってわかるけど」

毎日城に日参して、気力をごっそり持って行かれたような疲れた顔で帰って来るフェイツランドを見ていると、本当にあの男には自由な外が似合うと思う。国王という前歴やルインの会議でのやり取りを見ていても、内政にも非凡ではあるのだろうが人には適性というものがある。

「団長の能力を思う存分発揮出来るのは、やっぱり戦いの場所なんだろうな。めんどくさがりやだし」

その癖、余計なところに気を遣ったり、根回ししたりするのだから侮れない。

夜のシベリウスのように色と酒に彩られている華やかな場所よりも、剣と血と肉体がぶつかり合う場所こそ似合う。まさに破壊王であり、獲物を狙う黄金竜。

ヤーゴの道場への道を辿りながら、エイプリルは最近あまり共に行動することがなくなった男を思った。

「お城で会食をしてるのかな。似合わないけど」

シルヴェストロでの貴族たちとの晩餐《ばんさん》や会食は、きっと小国ルイン王族のエイプリルが想像出来ないほど豪華なのだろう。いつものエイプリルなら、豪勢な料理を食べることへの羨望がまず第一に浮かんでくるところだが、着飾った令嬢やご婦人たちと和やかに過ごしているかもしれないフェイツランドの方が先に頭の中に思い浮かぶ。

「楽しんでたらいいと思うけど、でも」

嫌だなあと思うのも本音だ。

夜も求められることが減った。翌日の鍛錬や仕事に響くことを思えば歓迎すべきことではあるのだが、それがどうにも物足りずに寂しい。あれだけ執拗に構ってきた男の手が少し離れただけで、こんなにも不安になるのだと初めて知った。

「これも成長しているってことなのかなあ」

子供扱いされるのは仕方がないとしても、早く追いつき、フェイツランドを満足させたいと思ってはいるのだ。だが、その成長に苦い思いが伴うのは辛いものだというのも知った。

「駄目だなあ、僕。団長のことばっかり考えてしまう」

ヤーゴのことが気になるのに、気を抜けばフェイツランドのことが頭にぽんと浮かんでくる。あの男のいる生活に慣れ過ぎているようだ。

パンと一つ自分の頰を軽く叩いたエイプリルは、愛馬の首を軽く撫でた。

「もう少しだけつきあってね。城に戻ったら新しい飼葉をあげるから」

答えるように小さく鬣《たてがみ》を揺らした馬をもう一度撫でた。

キュラール道場は首都にあるとはいえ、繁華街などのある通りからは距離がある。城からは下った住宅地と商業地域の境目という立地は、庶民も通えるし、貴族の邸宅街からも通いやすいという好条件があった。その代わり、剣術道場という性質上、多少他の家々から離れているため、弟子たちがいなくなる夜には賑やかさとは無縁の静まり返った場所に変わる。

（だから前の事件の時にも周りの人たちは誰も気がつかなかったのかな）

深夜に近い時間帯だったそうだから今よりもさらに遅い時刻になる。今でこそ馬車の音や人の話し声が届くが、あと数刻もすればそれも聞こえなくなるのだろう。街灯はあるが薄暗い。騎士が見回りをしているとはいえ、一人で歩きたいと思える場所ではない。

「ヤーゴ君は自分の家だから平気なんだろうね」

エイプリルは知らない場所だから寂し過ぎると思うだけで、住んでいる人間には当たり前の環境なのだとは思うし、ヤーゴの父親が怪我をした後は道場にも深夜の見回りを置いているそうだから、何かこれ以上の不幸が起こらなければいいと思う。

そうして馬を歩かせていたエイプリルは、

「おい」

間もなく門に着こうかというところで背後から声を掛けられて、びくりと肩を跳ね上げた。

(誰だ!?)

まさか賊かと剣柄に手を掛けたまま振り返ったエイプリルは、暗がりに立つ人の姿を認めて、入れていた力を全身から抜いた。

「ジャンニさん……」

青い髪の武器庫の主は、エイプリルがほっとしたのを見て微《かす》かに笑みを浮かべた。

「珍しいところで会うな。一人なのか?」

背後に二人騎士を連れたジャンニは徒歩のままで、エイプリルは彼に倣って馬を降りた。

「はい。ちょっとヤーゴ君と話をしたくて」

ジャンニの眉が寄せられた。

「明日じゃいけなかったのか? この時間に話をするのも明日にするのも同じだと思うぞ」

「それはわかっているんですけど、どうしても今日中に仲直りだけはしておきたくて」

「喧嘩か?」

「喧嘩って言うんでしょうか? ヤーゴ君を不機嫌にさせてしまったかもしれなくて、僕の話し方が悪かったのかもって思ったら、どうしても謝りたくて出て来てしまいました」

「なるほど。喧嘩だったらすぐに仲直りしたくなる気持ちはわかる。こういうのは宵を越すとなかなか謝り難くなるものだからなあ」

エイプリルは力強く頷いた。

「そうなんです」

「わかった。だけど気をつけるんだぞ。俺たち騎士が目を光らせて巡回はしているが、だからって完全に悪さする連中がいなくなるわけじゃないからな」

「はい」

「でも珍しいな。団長は一緒じゃないんだろう?」

「団長はまだ帰って来てなくって……。だから書き置きしてきました」

「最近は団長だけじゃなくて、副長も忙しそうだったもんな」

「はい。特にここ二、三日は夜中になることも多いんです」

ふむとジャンニは首を傾げた。

「国内にいるなら戦になることはないだろうとは思うが、あの人たちのことだからなあ」

要は国内でも国外でも、何をしているのかが見えない時には要注意なのだとジャンニは零す。

「何か変わったことに気づいたら是非教えてくれ。予め心の準備をしておくのといきなり何かの真《ま》っ只《ただ》中《なか》に放り込まれるのとでは、随分違うからな」

「わかりました」

エイプリルは苦笑した。ジャンニのようにフェイツランドを理解している有能な幹部にも、心構えが必要なフェイツランドのこれまでの行いを想像してしまったからだ。

(自分で破壊王っていうだけのことはあるのかも)

大袈裟でなく。

ジャンニはエイプリルの肩をぽんと叩いた。

「あまり遅くならないようにな。最近少し物騒な話も聞いている。遅くなりそうだったらヤーゴに宿舎まで送って貰えばいい」

「あの、僕も一応騎士ですけど」

そこまで頼りなく見えるのかと少し頬を膨らませたエイプリルを見て、ジャンニは笑った。

「それはもうよくわかってる。ただ、さっきの団長の話じゃないが、予期できる戦場とただの街中では何かに遭遇した時の対応も違ってくる。それに何より重要なのは、それこそお前に何かあれば黙っていない人がいるということだ」

「……善処します」

約一名、名前を出すまでもなくフェイツランド本人に違いない。

「ヤーゴに早く顔を出せと伝えておいてくれ」

「はい」

ジャンニたちとは道場の入り口の前で別れたエイプリルは、ヤーゴの自宅の方へ回った。道場に比べればかなり小ぢんまりとしたたたずまいの家屋には、現在、ヤーゴの弟と父親、師範を務める居候の弟子たちが数人で暮らしていた。昼間訪れた時には、ヤーゴと父親しかいなかったが、道場の灯が落ちた今は全員在宅のはずだ。

控え目に来訪を告げたエイプリルを見たヤーゴは、思い切り渋面を作り腕組みをしたが、どちらかというと呆れた色の方が強かった。

「お前なあ……」

「ごめんなさい、ヤーゴ君。でもどうしても先に謝っておきたくて。それから、僕の気持ちも知ってて貰いたかったんです」

もう遅いからと居間に案内しようとするのを断ったエイプリルは、玄関のすぐ内側で頭を下げ、それから頭半分上にあるヤーゴの顔を見つめた。

「ヤーゴ君が誰かの手を借りるつもりはないのはわかりました。でも、僕はやっぱりヤーゴ君には騎士団にいて欲しいです。それに、貴族の人たちが理不尽なことを言っているのなら、それはヤーゴ君だけが解決しなきゃいけないことじゃなくて、きっとノーラヒルデさんや団長にも手を貸して貰わなきゃいけないと思うんです」

「団長の手を煩わせたくねぇんだよ」

「でも、お父様の怪我をさせたのが」

エイプリルは少しだけ言葉を潜めた。

「貴族の騎士たちの仕業だとしたら、それは厳正に処罰しなきゃいけません。だって、そのままにしておくってことは、そのまま上の人達に知らせないままにしておくってことは、騎士団にもよくないです」

それこそフェイツランドの監督不行き届きが糾弾されてもおかしくないのだ。

「今はヤーゴ君だけの問題かもしれない。でも、これから先、他の人達が標的になるかもしれないでしょう？」

「……やつらは俺が気に食わないだけだから、他には手を出さないさ」

ヤーゴはやれやれと長く息を吐き出した。

「因縁っていうのかな、俺とマッチネンの間には因縁があるから、それで目の敵にされてるんだ。もう何年も前のことなのに、未だに根に持ってやがる」

「それは前に教えてくれた嫌な貴族のことですよね」

「ああ。生温い腕前で騎士になるなんてほざきやがったから、ちょっと力を入れて打ち込んだだけで怪我をしたと文句言いやがった。まさか騎士団で再会するとは思わなかったから、そっちの方が驚いたな」

ヤーゴに比べれば弱いだけで、ハッカーにそこそこの腕があったのは双方にとって不運だったのだとしか言いようがない。

「再会しても相変わらず貴族を鼻にかけてやがるし、むしろ輪を掛けているのが鼻につく」

シルヴェストロ国騎士団に入れたというだけで有頂天になる気持ちはわからなくもないが、そこで権威を振りかざし、周りへ威を放つのはいただけない。

「選民意識に凝り固まっている奴らに、平民の俺が何を言っても聞くわけがない。その代わり、俺が奴らの要求を聞き入れる理由もないけどな」

「でも、この間、道具の片づけを替わってあげてなかった？」

「お、見られてたのか。あれはなあ、俺がしなきゃあいつら、大事な道具をそのまま放置するか、雑に扱うかどっちかだからな。騎士として見過ごすわけにはいかねえだろうが」

「ヤーゴ君！」

エイプリルは嬉しくなって、瞳を輝かせた。

「僕もそう思います！　道具は大事に大事に扱いなさいって、祖父からも言われてました。それにジャンニさんの口癖です」

ヤーゴもうんうんと頷く。

「いつかマッチネンの野郎どもはジャンニさんからこっぴどく叱られるはずだと思うぜ。それを見るまでは、俺も騎士団を辞めるつもりはない」

そして、ヤーゴは短い髪をわしゃわしゃとかき回してから手を伸ばし、エイプリルの金髪を同じようにかき回した。

「——悪かった。ちょっと苛々《いらいら》していて、昼間に八つ当たりしちまった。親父の怪我も、元を正せば俺とマッチネンの間の諍《いさか》いのとばっちりみたいなもんだし。怪我だけで済んで本当によかった。これでもかなりへこんでたんだぜ」

「それはお父様や道場を傷つけていい理由じゃないですよ」

敷地に押し入り、破壊を目論むのははっきり犯罪で、国と人を守るべき騎士団が絶対に冒してはならない暗黙の決まり事だ。

「ああ、わかってる。お前が帰った後、俺も少しは反省した。悪いのは心配して来てくれたお前じゃなくて、そうさせてる俺で、突き詰めればハッカー＝マッチネンだってな」

ヤーゴは貴族騎士の名前の部分を強調するように強く言った。確かに思い悩んでいても仕方のないことだ。自力で解決するには事が厄介で、大きくなり過ぎる。しかも相手は、取り巻きに持て囃されて調子に乗っている節がある。

「明日、騎士団に戻るわ。それから、団長と副長に話してみる」

「僕も賛成です。それが一番いいです」

「結局そこに行きつくわけだから、最初の時から話をしておけばよかったと考えたら、自分が思い切り間抜けに思えてしまったぜ。俺の十日間を返せってな」

だが、遠回りはしたが自力で考えて出した結論だ。自分だけが我慢すればいいと少しでも考えていた時の自分を殴りたいと、ヤーゴは笑った。

「ありがとうな、エイプリル。わざわざ来てくれて」

「いえ、いいんです。僕も早くヤーゴ君と話をしたかったし、それにノーラヒルデさんたちよりも先にヤーゴ君がどうするかを知ることが出来て安心しました。今晩はゆっくり眠れそうな気がします」

「明日、本部で話をして、どうなったかもちゃんとお前に教えるわ」

「待ってます。あ、でも団長は本部にはいないと思いますよ。ノーラヒルデさんはいるとは思うけど」

「いや、こういうのも事務的な内容だからきっと副長の方がいいと思う。――俺が迷ってた理由の一つに、部隊長や師団長をすっ飛ばしていいかどうかってのがあったんだけど、いいよな？」

組織として考えるなら直属の長にまず話をすべきところなのだろうが、

「貴族の方ですか？　上の人は？」

「ああ」

「それなら直接ノーラヒルデさんでいいと思います。疑うわけでもないですけど、貴族と平民という関係が問題になってるのなら、部隊や師団の中だけで解決できるものじゃないと思うし、マッチネンさんとは師団も違うんでしょう？　だったらどちらにも公平に関わることが出来るノーラヒルデさんが一番いいと思います。団長が忙しくなかったら、宿舎に来て貰って雑談みたいなのでヤーゴ君に話をして貰ってもいいとは思うんだけど」

だが、あいにくとフェイツランドが宿舎にいるのは寝ている時だけだ。

「時間作って貰いますか？」

「頼む――あ、いや！　やっぱりいい。遠慮する」

憧れの団長の部屋で個別に相談出来ると聞いたヤーゴの表情は一瞬明るく輝いたが、すぐに激しく頭を左右に振った。

「団長と二人だけは怖いですか？　確かに、団長はちょっと意地悪な時あるけど」

「いや、そうじゃなくてだな、忙しいんだろう？　団長は。その団長が束《つか》の間《ま》につかんだ僅かな時間を俺ごときのために割くのは絶対に不本意だと思うんだ」

もしも時間を作れるのなら、エイプリルと二人だけの時間を過ごしたいと望むはず――とは力説しなかったが、ヤーゴが心の底から思ったことである。

もしも邪魔をすれば、不評を買いかねない。それは絶対に避けたいところなのだ。

「そうですか？　でも本当に相談あるなら言って下さいね」

城の用事で忙しいフェイツランドは、エイプリルがヤーゴのことに心を砕いているのがあまりお気に召さないようだから、確かに最終手段にとって置いた方がいいかもとエイプリルも思い直した。

「それじゃ、僕はこれで帰りますね」

玄関を出ると、外は真っ暗で来る時には聞こえていた街の方のざわめきも、幾分小さく聞こえなくなっていた。

空には星が幾つか浮かぶだけで、少し雲がかかっているようだ。同じように夜空を見上げたヤーゴが、馬の手綱を引くエイプリルに言った。

「城まで送るぞ？」

「大丈夫です。道も覚えたし、そんなに遠くでもないから平気です」

「だけど、途中で繁華街通るだろう？　性質の悪い酔っ払いがいるかもしれない」

エイプリルは「えーと」と小首を傾げた。

「たぶん、その時には騎士の人たちも中に紛れ込んでいると思うから、どうにかして貰います」

毎夜のように飲食店での騒動を起こす騎士たちがノーラヒルデに叱られている光景を思い出しながら言えば、同じものを頭に描いていたのかヤーゴの顔にも苦笑が浮かんだ。

「わかった。だけど、気が大きくなった酔っ払いほど面倒なものはねぇからな。気を付けろよ」

「ありがとう、ヤーゴ君。僕、大急ぎで逃げますね」

エイプリルは馬に跨り、ヤーゴへにこりと笑いかけた。

「そしたらまた明日。お休みなさい、ヤーゴ君」

「ああ、明日な。あ、そうだ」

少し待っていてくれと言ってすぐに戻って来たヤーゴが渡したのは袋いっぱいに詰め込まれた菓子などの甘いものだった。

「これ、持ってけよ」

「こんなに……いいんですか？」

「ああ。親父の見舞いに貰ったものなんだよ。弟子や師範代たちで食っちゃあいるが、さすがに連日甘いものは、な。お前なら大丈夫だろう？」

食いしん坊と言えばルイン国第二王子というのは、すでに騎士団の中では定着している。エイプリルはブンブンと首を縦に何度も振った。シルヴェストロの地方都市で人気だというその菓子は、林檎《りんご》と煮詰めた栗《くり》を混ぜたような甘い芳香を放っており、初めての菓子に期待も膨らむ。

「食い過ぎて太るなよ」

「その分稽古して鍛えてるから大丈夫ですよ！」

ぽんと互いの拳を打ちあわせ、二人は笑い合った。

そして、門の外でヤーゴに見送られ、歩き出したエイプリルだったのだが——。


「さすがにここまですれば騎士団から出て行くだろうな」

「——いい気味だぜ」

「だけど結構粘ったよな。他の連中にも道場辞めるように圧力掛けたんだろう？」

「ああ。少しは残ったが、どうせ貧乏貴族だし、たかが剣術だ。マッチネン家の不興を買ってまで続けさせようとは思わないだろう」

ぼそぼそと言う話し声が聞こえたのは、ヤーゴの家を出てすぐだった。塀に沿って歩き、曲がったちょうどそこに立つ数人の男たちは、傍から見れば楽しげに談笑しているようにしか見えなかったが、内容はとんでもない。


ヤーゴから貰った土産の砂糖菓子が紙袋から転げ落ちたのを拾うため、馬から下りて地面にしゃがんでいたエイプリルは、ちょうどよく彼らからは死角になっているらしい。運がいいのか悪いのか、関わり合う運命にあるようだ。ヤーゴが関わるなと言ったところで、巡り合わせがこれでは関わらない方が無理である。

それに、

（たかが剣術って……）

それは騎士が絶対に口にしてはならない言葉だった。それだけでも許せないのに、彼等がしようとしているのは、人として最低の行いだ。

笑いながら彼らが口にしたのは、

「小火《ぼや》くらいならいいだろ」

「いっそ全部燃えてしまった方が後腐れないかもな」

というこれから行おうとしている犯行だ。

放火。

エイプリルは顔を蒼褪めさせた。

(報せなきゃ!)

ヤーゴの家にすぐに戻るか、それとも彼らがいるうちに通りまで走り、警備についているジャンニたちに告げるか、それとも今ここでエイプリル自身が彼らを止めるか。

それもいい方法だと思ったが、すぐにそれが傲慢な考えだと振り払う。

(もしも僕が負けてしまったら、誰も止める人がいなくなってしまう)

相手は少なくとも三人はいる。小柄なエイプリルを一度捕まえてしまえば拘束するのはわけないだろう。その間に火をつけてしまえばいいのだ。すぐに火に気づけばいいが、もしも誰も気づかなければ家も道場も焼失してしまう。

(家には足を折って動けないヤーゴ君のお父様がいる)

剣術家でも咄嗟の行動には制限がある。それに逃げる途中で何が起こるかわからない。

エイプリルはしゃがんだままそろりと足を返した。騎士を呼びにいくよりもヤーゴに知らせた方が早い。そう判断したからだ。

その判断は間違っていない。馬を下りていたエイプリルは物音を立てないようにそっと、動けばよかっただけなのだから。

しかし、次の台詞に足が止まる。

「オービス様が玉座についたら騎士団から平民を排除して貰おうぜ」

「いい考えだ。今の国王は団長の義理の息子だが、オービス様は正真正銘団長の血を継いでいる。しかも母君はグリンネイド元国王の縁者らしい。由緒正しい血筋が国を治めるのがいい」

「貴族の間ではどっちが優勢なんだ?」

「今のところは国王派が多いが、団長が一言認めるって言えば大勢がオービス様派に寝返ると思う。それに、噂では国王と団長の間に溝が出来ているらしいぞ。何でも、国王は部屋に閉じ籠って出て来ないで、もっぱら政務を摂っているのは団長とオービス様だって話だ」

「そういえば、最近、団の方でも団長を見かけないな」

「オービス様の手伝いをしたり、オービス様を王にする根回しをしているという話もある」

「おいおい、それはもうオービス様が実子だって認めたも同然じゃないか」

「な？　信憑性《しんぴょうせい》があるだろう？　団長がオービス様に玉座をと言い出すのは、そう遅くはないというのが、親父たち他の貴族の意見だ」

「なるほど。団長と国王が仲違《なかたが》いすれば、国王は後ろ盾もなくなるしな。早くそうなればいいな」

「すぐに認められるさ」


ぼそぼそと話すハッカーたちがまだ放火に手を出さないのはいい。だが、耳に入った内容は、エイプリルにとってそれこそ看過出来るものではなかった。

（団長の……子供……？　あのオービスさん、が……？）

確かにオービス＝エイドの髪の色はシルヴェストロ国王族の色を濃く受け継いでいる。体格も大柄でがっしりとした武人系だとも思った。

エイプリルの頭の中で、フェイツランドの姿と一度だけ会ったオービスの像が幾重にも重なっては離れてを繰り返す。

まさかという思いと、違うと否定する思い。

様々な思いが、ぐるぐると目まぐるしく駆け巡り、それだけで眩暈《めまい》を起こしそうになる。実際、自分の顔を自分が見ることが出来なかっただけで、エイプリルの顔からは血の気が引いていた。

（駄目だ、そんなこと考えてる暇はない）

まだ国王がフェイツランドの養子ではないと知る以前、親子だと聞かされて驚いたことがある。その時に受けた衝撃も大きかったが、今回はハッカーたちの会話を聞くまで、オービスのことをまるで知らなかったことで、不安という余計なおまけが大量についで来た。

過去のことは過去、妻がいようとも、子供がいようとも、エイプリル自身がフェイツランドから離れるつもりはないのは、確かだ。だが、それと不安は別問題としてある。

(違う、そうじゃなくて、ヤーゴ君に報せて、それから……)

それから城に戻って、帰って来たフェイツランドに尋ねればいいのだ。

オービス＝エイドはあなたと血の繋がった息子なんですか、と。

だからずっと会いに城まで通っているんですか、と。

ただそれだけでいいと、エイプリルは自分に言い聞かせた。現実逃避でもあり、また実際に今の場面ではその方法が最善だったからだ。

緩く金色の頭を振り、エイプリルは再び足を動かした。そろりそろりと、音を立てないように。

だが——カサッという音がして、靴の下に感じた違和感に、エイプリルははっと足元に視線を落とした。甘い芳香が周囲に立ち上る。

(何も今見つからなくたっていいじゃないか！)

嘆きたくもなる。踏み潰してしまったのは、探していた菓子だった。

昼間なら住宅地に近いここでも生活音はあり、気づかれなかっただろう。婦人たちの化粧や繁華街の方から流れて来る匂いに紛れ込んでいたかもしれない。

しかし今は夜。ヤーゴの家で話していた分、真夜中に近い時刻になっている頃だ。そして、今の今まで何もなかったところから音と匂いがすれば、声が聞こえる程度の距離しか離れていなかったハッカーたちも当然気づく。

「いたぞ！」

「話を聞かれた！　逃がすな！」

エイプリルの方へ向かう騎士たち。暗闇で顔も見えないため、同じ騎士団に所属するエイプリルだと気づいた様子はないが、だからこそ彼らが何をするかわからなかった。しかも、エイプリルがフェイツランドの世話役なのは騎士団の全員が知っている。

たった今ここで交わしていた悪事の計画が、そのまま騎士団長の耳に入ればどのような処罰を受けるかわからない。いや、わかり過ぎるからこそ口を塞がなくてはならないと考えるはずだ。

（まずい。早く逃げなきゃ）

しゃがんでいたエイプリルが立ち上がり走り出すそのすぐ後ろには、文字通り追っ手の手が迫っていた。

伸ばされる腕を肘で払いのけ、持っていた菓子袋をそのまま投げつけた。勿体《もったい》ないという感情よりも先に、本能的に何をされるかわからない恐怖の方が勝ったのだ。

そして、声を出そうと顔を上げる。

「誰、か……っ――」

だが、後ろから髪をグイッと摑まれ、声は喉の奥で潰れてしまう。それだけならまだよかった。後ろに引かれたエイプリルは、そのままの姿勢で石畳の上に引き倒されてしまったのだ。

（このままじゃ……っ！）

慌てて頭の後ろに手を回したが、半分添えるのがやっとで間に合わない。

ゴンッという音が耳の奥で聞こえた。後頭部が数回跳ねたのも覚えている。ただ手はピクリとも動か

なかった。体を動かすことも出来ず、ただ目を開けたままのエイプリルの瞼が自然に閉じられる前、脇に誰かが立ったことと、

「そこで何をしているッ！」

駆けて来る複数の足音と声、バタバタと走り去る足音だけは聞こえた。

だから、倒れたまま動かない自分を見て、

「――エイプリルッ！」

ヤーゴが悲痛な声を上げたのにも、

「動かすな！　頭を打っているかもしれない。誰か城と団長に報せろ！」

緊迫した様子で指示を出すジャンニがすぐ傍にいたことにも気づかなかった。

エイプリルの意識は、そのままストンと暗い底に落ちて行った――。

シルヴェストロ城の奥にある国王の私室。

その時、椅子が一脚と机が一つ壊れただけで済んだのは、不幸中の幸いだったかもしれない。たとえ百年以上前の名工が作った堅牢な一対だったとしても、人的被害が出るよりはましだったと、シルヴェストロ国王ジュレッド・セルビアン＝マオは思った。

全身に怒気を纏わせ、無言で立ち上がったフェイツランドの姿に誰よりも危機感を覚えたのは、他ならぬ国王ジュレッドだった。

即座にエイプリルの搬送先を城に指定し、医師を手配する。

「あぁ？　寝ていようが何だろうが叩き起こして連れて来い。急な時に役に立つために城で寝泊りしてるんだろうが。拒否すれば解雇だと言え」

国王付きの側近の中でも、フェイツランドにも仕えていた古株は、部屋の手配のために慌ただしく出

て行った。入れ替わるように、伝令が何人も部屋にやって来る。

「ノーラヒルデにはエイプリル王子は城で預かると、城下には緊急手配で騎士団を配備、城門を出入りした者たちの名前の確認を急げ」

矢継ぎ早に指示を出すのは、フェイツランドに動く隙を与えないためだ。エイプリルを迎え入れるためのすべての手配が終わり、そしてようやく国王はフェイツランドに向き合った。

「親父」

ちらりと国王を見るフェイツランドの金色の瞳は、爛々《らんらん》と輝いていた。表現を変えれば、物騒という。

「すぐに王子が来る。親父はどうする？　部屋で待つか？　それとも迎えに行くか？」

エイプリルが襲われたという一報を聞いて椅子と机を破壊したフェイツランドは、すぐに部屋を出ようとした。だがそこは義理の息子以前に、「破壊王フェイツランド」を知る国王である。

フェイツランドが行動に移る前に、現時点で出来得る対処を声に出して言うことで、何とかこの場に留めることに成功した。これが右往左往したり、生返事で聞き逃していれば、壊されるのは書卓と椅子だけでは済まなかったところだ。

シルヴェストロ国では何が最優先なのかを瞬時に判断する能力も、武力と並ぶほど秀でたものが求められる。

「今出て行ってもすれ違いになる可能性が高い。エイプリル王子を保護したのはジャンニだそうだ。必要な措置は取った上で、城に戻ってくるはずだ」

暗に城から出ずにここで待てと伝えた国王に向けられたフェイツランドの視線は、熱いのに凍えるほど冷たく感じられた。国王に怒っているのではない。ただ、自分の感情を出さないように努めれば、こういう形になってしまうのだ。

傍から見れば睨み合っているような光景は、しばらくしてフェイツランドが大きく息を吐き出したことで僅かに緩んだ。

「——悪い。エイプリルが絡むと俺は冷静でいられないらしい」

「当たり前だろ。誰だって自分の家族や好きな奴が危ない目に遭えば、怒りもするし、嘆きもする。親父の反応はもっともだ」

エイプリルの災禍を聞いて中断していた書類仕事に戻った国王は、自分付きの侍従が部屋の扉の前に立ったのを見て、ご苦労様と労《ねぎら》いの意味を込めて小さく一つ頷いた。

「親父、部屋の準備が出来たそうだ」

「——俺はそっちに行く」

「俺も後から顔を出す。もしも医者が他にも必要なら、叩き起こして連れてってもいい。国王が保証する」

先に手配したのは、城が抱える医師団の中でも最も優秀で経験豊富な老医師だ。しかし、場合によっては複数の手当てが必要になることもある。老医師だけで対処できない場合には、誰を使ってもいいと言っているのだ。

国王に視線で礼をしたフェイツランドは、部屋を出て走り出した。

すごい勢いで遠ざかる義父の後ろ姿を見て、やれやれと肩を竦めた国王は、すぐに表情を引き締めた。

「ルイン国の第二王子が傷つけられた。これは国に反する重大な敵対行為だ。問題は、そのことを当事者が知っているかどうかだな」

書卓の上で肘をつきながら零れた台詞を聞いた側近は、フェイツランドには及ばないまでも国王が激しい怒りを抱いていることを知った。

「――頭？」

医師から告げられたフェイツランドは眠るエイプリルの顔をじっと見つめた。

急ぎ用意されたとは思えないほど、部屋の中は手が行き届いていた。来賓用の中でも最上位になる国賓級の二間続きの部屋は、城内の喧騒から離れた場所にあり、静かな眠りが約束されている。取り替えたばかりの真っ白で清潔な敷布と布団、三重の羽根枕は頭を打ったというエイプリルのために急ぎ用意されたもので、最も柔らかく重みを受け止めるためのものだ。

ただ、青白さが強調される顔と薄い金髪、白が多い部屋の中で寝台に静かに眠るエイプリルの姿に、フェイツランドは少年が遠くへ行ってしまったような錯覚を覚えた。これは何もフェイツランドに限ったただけでなく、遅れて来た国王も同じ感想を持ったようだ。

「頭ってどういうことだ？　目を覚まさないのはそれが原因か？」

「そうです。王子は後頭部のちょうどここを打ったようで、それが原因で意識が戻らないと考えられます」

医師は自分の後頭部の窪《くぼ》みの上の部分を撫でるように示した。

「小さなたんこぶがある以外、外傷は見られません」

「骨が折れてるってことは……」

出血がないのは何よりだが、見えない部分があるだけで不安は煽《あお》られる。

「骨も無事です。少なくとも陥没や折れた様子はありません」

うつ伏せに寝かせることも考えたが、容体が急変して嘔吐《おうと》した場合に窒息する可能性があるため、あえて顔だけを横に向かせて普通の体勢で寝かせているのだという。後頭部には濡れた手拭いが当てられていた。

「じゃあ、あとは意識が戻るだけか」

「はい。ただ、今も申しあげたように王子本人の意識がないところで急変する可能性もないとは言い切れません。そのためにもずっとどなたかに側にいて貰う必要があります」

「寝ているのを見ているだけでいいのか？」

「あとは定期的に呼吸や脈の確認、手拭いの交換くらいです。動かさないこと。これが一番肝心なのです」

　フェイツランドの在位中にも城に勤めていた老医師は、前国王の質問に丁寧に答えた。専門用語を使うのではなく、誰が聞いてもわかりやすい説明をフェイツランドは真剣に聞いた。

　戦場でも落馬して意識を失った騎士や兵士を何人も見て来た。応急処置も心得ているつもりだった。

だが、実際に自分の大切な恋人がこうして意識不明に陥ってしまうと、何も出来ない自分が情けなく、そして腹立たしい。

　シルヴェストロ国どころか他の国の命運も動かせる力のあるフェイツランドでも、たった一人の少年の意識が今どこを彷徨《さまよ》っているかを知ることは出来ないのだ。

「――世話は俺がする」

　溺愛ぶりを知っている人々からすれば当然の申し出だ。それに、ここは城の中でも奥に近い場所である。身元が不明な者が簡単に立ち入ることが出来ない区画でもあるのだ。

「隣の部屋に医師と看護師を常駐させる。伝令役の騎士を二人か三人寄越すようノーラヒルデに伝えろ」

　警備についてはフェイツランド自らがつきっきりでいると宣言したのだ。これ以上堅固な守りはない。指示を受けた伝令がすぐに走り出す。

部屋に入った時からずっとフェイツランドは寝台の真横に置かれた椅子に座り、眠るエイプリルの手を握っていた。祈るように、生きていることを確かめるように固く離さないその姿は、日頃から傍若無人な態度を見慣れている者たちからすれば非常に珍しい光景でもある。

（それだけエイプリル王子のことが大切だってことなんだけどな）

だからこそ、これから先を思いうんざりする国王だ。

「――さっき騎士団から報告が上がって来た。犯人はどうやら貴族らしいぞ」

「貴族？　貴族ごときにやられるエイプリルじゃないぞ」

フェイツランドは眉を顰めた。細くても小柄でも、努力家で騎士としての誇りを強く持っている少年だ。ただの貴族と揉めたくらいで、意識不明になるほどの怪我をするとは思えない。

「詳しいことは後からノーラヒルデが報せる手配になっている。証人や状況証拠からおおよその見当はついているらしい」

それが誰なのか、限りなくクロに近い犯人として名前まで聞いてはいたが、今のフェイツランドに伝えるのは危ないと判断して、国王はあえて告げずにいた。

（どうせノーラヒルデからの報告が来ればわかることだしな）

今頃は、騎士たちが総出で彼らの行方を追っているはずで、捕らえられるのもそう遅くはないだろう。騎士たちも必死だ。遅れれば、フェイツランドが出て来てしまう。下手をすれば城下が戦場になってしまう可能性もあるのだ。と言っても、犯人の貴族たちが無事でいられるのは、ほんの短い間のことでしかないが。

フェイツランドがエイプリルにつきっきりでいてくれるのは、この際有難い。

「ジュレッド、この件は騎士団が預かるぞ。いいな」

「了解だ。けど、事と次第によっちゃあ俺も噛ませて貰うぜ」

「その時は国を挙げての戦争だな」

フェイツランドと国王はニヤリと笑みを交わし、すぐに国王は背を向けた。

「俺は部屋で仕事をしている。ないと思うが、もしもエイプリル王子に何かあれば知らせてくれ」

「わかった」

エイプリルのことは気になるが、国王として抱えている仕事も問題もある。そのうちの一つに、もしかしたらエイプリルの事件が関わるかと思うと、先の会話ではないが絶対に騎士団も国も全力で叩きに行くことになるだろう。

間接的にエイプリルを傷つけたことを、当事者たちは身をもって知ることになるはずだ。

長い廊下を歩いて自室に戻った国王は、部屋を出る前よりも増えたような気がする書類の束を見て、うんざりと肩を落とした。

「……早く裏を取って戻って来い、マリスヴォス。親父より先に俺の方が爆発しそうだ……」


フェイツランドはふっと笑みを零した。

「お前……来てすぐにそれかよ。本当に寝るのが好きだな」

未だ目を覚まさないエイプリルを前にして不謹慎ながらふと和んでしまったのは、薄い灰茶色の一角兎がエイプリルの胸の上にちょこんと丸くなって目を閉じているからだ。

「しかも一番いい特等席じゃねえか。俺が同じことをすれば潰れちまうからなあ」

添い寝くらいなら出来るだろうが、寝ている間に無意識に抱き込むというといつもと同じ行動を取ってしまう恐れがある。目覚めるまでは安静が第一と医師に告げられている以上、それを損なう恐れのある行動は慎まなければならないのだ。

その点、軽くて小さな一角兎なら大した重さにもなりはしない。

伝令役として派遣されたシャノセンに宿舎から連れて来られて部屋に入り、床に下ろされた途端、一直線に寝台に向かい、普段ののたのたとした行動が嘘のような瞬発力で寝台に飛び乗ったプリシラは、一度エイプリルの顔に鼻先を近づけてヒクヒクと動かした後、すぐに眠りに入ってしまったのである。

「この子は、本当にエイプリル王子のことが好きなんですね」

「だろうな。俺も世話をしちゃあいるが坊主には負ける」

命を助けられたせいもあるのだろうが、フェイツランドから見たエイプリルとプリシラは、飼い主と愛玩動物というよりも、プリシラ側から見た場合の友達関係のような気がするのだ。

「シャノセンも、助かった。雑用を言いつけて悪かったな」

「いえ。団長とエイプリルのお役に立てるなら何でもしますよ」

そこでシャノセンはくすりと笑みを零した。

「日頃サルタメルヤに世話をして貰っている私が世話をするのも新鮮でいいですし」

「だが、助かった。騎士なら誰でもここまで入れるってわけじゃないからな。その点、お前はアドリアンの王子という肩書がある」

「役に立つなら幾らでも使ってください。そのための身分ですから」

話には聞かされていたのだろうが、眠るエイプリルを見たシャノセンは沈痛な表情を浮かべた。昼に楽しく話をした少年が、夜にはこんな風になるとは想像もしていなかったとフェイツランドに告げたシャノセンは、出来ることは何でもしますともう一度言って、医師たちとは別に用意された部屋に戻って行った。

二人と一匹だけになった室内は静かだが、そこにプリシラの呼吸が混じったことで少しだけ安心を覚えるフェイツランドだ。

動物は親しい人間や飼い主の災厄や死期には敏感だという。魔獣の部類ではあるが、普通の獣よりも感覚に優れる一角兎が落ち着いているのだから、大丈夫なのだろうとどこか安心出来るものがあったのは確かだ。

思い込みかもしれないし、そうあって欲しいという願いなのかもしれないが。

「それでもな、エイプリル。俺はお前が目を覚ますのを待っている。ここでずっとな」

一番最初にエイプリルを抱き潰した時、二日眠っていたとマリスヴォスに聞いている。

「……三日くらいは待てるさ。だから四日目には目を覚ませ」

寝ている相手に無謀な要求だとわかっている。だがそう願わざるを得なかった。

祈るようにフェイツランドはもう一度エイプリルの手を両手で握り締め、自分の額に当てた時、

「——誰だ」

露台《バルコニー》からバサリと音がして、フェイツランドは窓を睨みつけた。

片手だけを剣柄に掛け、動かずにそのままエイプリルの横で待つこと少し、鍵を掛けていなかった窓は外から開けられ、全身を黒い法衣に包んだ長身の男が一人、静かに入って来た。ゆったりとした法衣に、不似合いな大剣。黒い髪。黒曜石の瞳の奥には

よく見れば焔《ほのお》の色が混じっている。

確認したフェイツランドは剣から手を離した。

「来るなら事前に言え。これが今じゃなければ今頃お前の胴体は半分になってるぞ」

男はフッと鼻で笑った。

「それくらいは躱《かわ》せる」

「それで何の用だ？　ノーラヒルデから言いつけられた仕事で忙しいんじゃないのか、ヴィス」

「気になる気配があった。だから少し寄ってみた」

静かな足取りでフェイツランドの横まで歩いて来た男――クラヴィスは、寝台を見下ろし、

「――ああ、これか」

納得がいったとばかりに頷いた。

クラヴィスの視線はエイプリルというよりは真っ直ぐ一角兎に向けられており、フェイツランドは不思議に思って尋ねた。

「プリシラがどうかしたのか？　お前の同族だろう？」

クラヴィスは呆れたようにフェイツランドを振り返った。

「竜と一角兎を同族と言うか」

「俺にとっちゃあ魔獣は一括《ひとくく》りなんでな。それでお前が来た理由は？　ノーラヒルデからの言伝《ことづて》でも持って来たのか？」

「あれは今、その子供の件に掛かりきりで忙しい。そうではなく、術が使われた気配がした」

だから確認しに来たのだと黒竜は言いながら、口元を綻ばせた。

「赤ん坊でも魔獣だな。本能で術を使っている」

「術？　――まさか、プリシラか？」

「プリシラというのがコノレプスのことならその通りだ。お前の愛人は、よほどその兎に好かれているらしい」

フェイツランドは眉を寄せたまま、エイプリルの

胸の上でじっと動かないプリシラを見つめた。いつもと同じように眠っているのだとばかり思っていたが、この状態で術を使っているとは考えもしなかった。

「というよりも、コノレプスは術を使うのか？」

「使う。使うが滅多にない」

「その術ってのが、エイプリルに悪影響を及ぼすことはないのか？」

「ない。むしろ逆だ」

そこで黒竜は、言葉を探すように眉を寄せて首を傾げた。

「お前たち人間風に言うなら、回復の泉か。俺は行ったことがないから正確な場所は知らないが、そこに連れて行ったようだ」

回復の泉。その名が言葉と同じ意味を持つならば、エイプリルは今、プリシラに癒されているのだと考えられる。

フェイツランドにとっても初耳で、これは一般的にも知られていない一角兎コノレプスの生態なのだろう。

「そうか……プリシラが……」

フェイツランドは背凭《せもた》れにどっかりと背を預け、大きく息を吐き出した。

目を覚まさないエイプリルを見続けて数刻、呼吸のために胸が上下する以外に外見的な変化が一切なかったエイプリルが、二度と目を覚まさないかもしれないという不安が、今の会話で取り除かれたからだ。

問答無用で安心出来るには少ない情報だが、フェイツランドは信じた。引退したとは言え元魔獣の王が言うのだから、それは確かな真実なのだと。

「――こやつらがどんな風に暮らしているのか、俺も知らん。だが悪いようにはしないはずだ」

「ああ。プリシラは俺とエイプリルの可愛い娘だからな」

「……」

「おい。なんか文句あるか」

「……いや別に」

黒竜は一角兎の方へ顔を寄せた。プリシラの耳がひくと動いたが、またすぐに動かなくなる。

「忠義に厚い獣だな。胆《きも》が据わっている。ここまで俺に接近されれば、普通の魔獣なら逃げるところだが」

「お前、嫌われてるのか」

「お前が避けられているのと同じ理由でな、黄金竜よ」

フェイツランドの揶揄《やゆ》を軽く流した黒竜は、寝台を離れると再び入って来た窓へと向かった。

「扉から出て行かないのか？」

「こちらの方が早い」

言うなり男の体は一瞬闇の中に溶けたように黒く染まり、瞬き一つの間にはエイプリルが「狼くらいだ」と表現した小さな黒竜の姿に変じていた。背中には大きな羽が一対、頭には四つの角、黒曜石か黒水晶を薄く削って出来たような艶やかな鱗《うろこ》、長い首に四つの脚。

黒竜クラヴィス。現在は、シルヴェストロ国騎士団副長の愛玩動物もしくは使い走りという認識を得ている、種類は数十を超えると言われる魔獣の元王だ。

背中の羽根を大きく広げた黒竜は、ふわりと空に浮き上がると背後を気にすることなく、一直線に自分の飼い主の元へ向かった。この時刻になってもまだ騎士団本部に詰めているだろう愛人の元へ。

「窓くらい閉めていけ」

億劫《おっくう》そうに立ち上がったフェイツランドは、黒竜が飛び立った夜空を見上げた。星の数はあまり多く見られないが、雨が降るということはなさそうだ。

　窓を閉めて元いた椅子に座ると、まずエイプリルの髪を撫で、それからプリシラの柔らかな産毛を同じように撫でた。

「エイプリル、早く戻って来い。お前の目の中に俺を映せ」

　空に浮かぶ黄金竜を。


「――あれ？　僕……うわっ」

　気づいた時には空の上だった。

「プリシラ!?」

　そして、柔らかな産毛に埋もれた灰茶色の毛は毎日見慣れているものだ。朝と夜、櫛《くし》を当てるのはエイプリルの役目なのだ。見間違えるはずがない。

　そのプリシラの背に乗る自分に気づいたエイプリルは、一角兎の首に腕を回してしっかりとしがみついた。鞍《くら》も何もないのだ。裸馬なら乗り慣れているが、首の短い兎の背に乗るには、かなり不安定な姿勢を強いられる。

　おまけに、地面の上ではなく宙を飛んでいるのだ。真下は草原で、平屋の屋根の高さほどしかないとはいえ、落ちればどんな怪我をするかわかったものではない。

　そこでハッとした。

「僕、確か怪我をしたはずだけど……」

　頭を打ったのは覚えている。思い返しても痛さよりも直接耳の中に響いたゴンッという音の方が印象に強いせいか、あまり実感はないのだが、忘れてしまったわけではない。

　時々、地面に足をつけては数歩でまた飛行を繰り返すプリシラから振り落とされないよう、慎重に片手を動かして頭の後ろに触れてみた。

「ちょっとこぶになってるかなあ」

だが痛みはない。痛くないのは、これが現実ではなく夢だからだろうか？

「夢から覚めたら痛くなるのは嫌だなあ。ねえプリシラ、これは夢？　それとも僕は本当に空を飛んでるの？」

しかし飛ぶのに夢中なのか、兎は何も答えてはくれなかった。

「……いいけど。いつものことだし」

プリシラが自分のしたいようにしているのは、毎日の暮らしの中でわかっている。今更だと思い直したエイプリルは、柔らかな毛に顔を埋めるようにして抱き着いた。

どこに行くのかを尋ねても同じ結果が返って来るだけだ。大人しく好きにさせておこうと思いながら、エイプリルは時折感じる浮遊感を体全体で楽しむことにした。

前に一度大きくなったプリシラに乗って山を飛び越える夢を見たことはあるが、ここまで鮮明ではなかった。あれも夢、これも夢。そう考える方がすっきりする。

「団長に話しても笑われるだけだし」

前の時にはまるで子供をあやすように頭を撫でられながら笑われた。別に嫌ではないのだが、どうにも釈然としなかったのを覚えている。

しばらく空の散歩を堪能していたエイプリルだが、ようやく目的地に着いたのかプリシラの飛ぶ速度が緩くなり、木立の上をひと飛びしたプリシラは白い霧のようなものを突き抜けて、森の中の開けた場所にふわりと降り立った。

目の前には水煙を上げる泉とあとは小さな切り株が幾つか並んでいるくらいで、静かなものだ。鳥の声一つ聞こえないが、不快な感じは一切なかった。

泉をすぐ目の前にした草の上で、プリシラに降りるようにと促されたエイプリルは、久しぶりに地面

に足をつけた。柔らかな土と草の感触が裸足の裏から伝わって来る。

ずっとプリシラの背にいたせいか、足元がまだ覚束ないエイプリルは、水面《みなも》に目を凝らした。靄《もや》のようなものが立ち上っていると思っていたが、触れるほど近くで見ればそれが靄や霧ではなく湯気だということに気づく。

「温泉？」

ようやく足のふらつきが治まったエイプリルはもっと顔を近づけて、水に触れてみようと一歩踏み出した。その背にドンッとぶつかったのは、プリシラの鼻先だ。

「ちょっ……プリシラっ！」

小さいならともかく、今は仔馬よりも大きな一角兎に押されて、無事で済むはずがない。たたらを踏む間もなく、エイプリルの体は泉の中に突き落とされてしまった。額の角が刺さらなかっただけでも儲《もう》けものである。

バシャンという水音が響いてすぐ、エイプリルは尻餅をついた姿勢で泉から顔を出した。

「これ……やっぱり温泉だ……」

頭から水滴を垂らしたエイプリルの体は全身が濡れているが、まったく冷たくない。そればかりか少し温めの湯に浸《つ》かっているような感じだ。

状況を確認していると、プリシラまでもが中に入って来た。

「え？　プリシラも入るの？」

まさか大きくなったプリシラと湯で肩を並べるとは思ってもいなかったエイプリルだが、一角兎の方はそんなエイプリルの服をくわえ、中央の方へと引っ張っていく。

「あっちに行けばいいのかな」

今は尻餅をついて顔が出るくらいだが、中央の辺りはどれくらいの深さになっているのかわからない。

だが、先を行くプリシラが泳がずに足をつけたままなので溺れるほどではないだろうと判断し、しっかりと毛だけ握ってついて行った。

驚いたことに、中央は深くなっているという予想に反し、より浅くなっていた。正確には、平たい一枚岩が真ん中にあり、その上に当たる部分だけが浅くなっているのだ。

「団長が四人くらい寝そべっても平気そう」

基準がフェイツランドなのは、エイプリルが知る中で最も大きな男がフェイツランドだからなのだが、間違った測量法ではない。

その上に乗るようにプリシラに促され、エイプリルは膝をついて乗り上げた。続いてプリシラも同じように飛び乗ったが、飛び上がった拍子に湯飛沫《しぶき》を頭から被ることになり、エイプリルは顔を顰《しか》めた。

「あのねプリシラ、自分の大きさを考えてくれると嬉しいんだけど……って何を！」

躾《しつけ》は大事と腰に手を当てていたエイプリルを、プリシラが押し倒したのだ。小さい時には膝の上に乗せたり、時々フェイツランドの頭の上に乗せたりしていたが、いくら可愛がっていても、犬よりも大きな動物に圧し掛かられては堪《たま》らない。

いくら巨体でもフェイツランドは人間の男で加減も出来る。そのフェイツランドに圧し掛かられるのとは、訳《わけ》が違うのだ。

咄嗟に頭を過《よぎ》ったのは倒れた時のことで、エイプリルは即座に頭の後ろで手を組んで衝撃を回避した。

「……っと」

だが恐れていたほど激しい衝撃は来なかった。ちょうど頭に当たる部分は緩やかな椀《わん》状になっており、手のひらと水が作る緩衝が痛みを感じさせなかったのである。

仰向けになったまま感覚でそれを知ったエイプリルは、よく出来ているものだと感心した。さらには、後頭部がすっぽり収まるには少し大きいが、まるで水の枕が下にあるような弾力で守られていたのである。

「枕だね、うん」

これは枕だ。水枕をもっと大きく、弾力があるようにしたものがこれだと思う。温いお湯だが、その温さが心地いい。

プリシラの前脚に胸を押さえつけられているエイプリルは、起き上がる努力を止めた。どうあっても自分をここに寝かせたい意図が、プリシラのつぶらな瞳に見えたからだ。

「わかったよ、プリシラ。お前がいいって言うまでここに寝てればいいんだね」

そうだというようにプリシラは鼻をひくひくと動かした。

（髭もひくひく揺れてる。大きくなったけど、でもやっぱり可愛いなあ）

親馬鹿と言われても何でも「うちの子」が一番可愛いのだから仕方がない。

エイプリルは頭上に広がる空を見上げた。森に降りる時には白く霞《かす》んでいるように見えたが、何のことはない湯気のせいで白く見えただけなのだ。その証拠に、雲一つない澄んだ青空が見える。

こんなにのんびりしたのは久しぶりのような気がする。休み——非番の日はあるが、一日をゆっくりと何もせずに過ごすことはほとんどない。自主稽古に行くこともあれば、マリスヴォスと一緒に城下町まで買い物に行ったり、部屋の片づけをしたり、フェイツランドの相手をしたりと何かしらやっている気がする。

それが嫌なわけではなく、ただ祖国の草原で羊たちと一緒に寝転がっているような開放的な気分を味わうのが、ルインを出て以来本当に久しぶりなのだ。

「団長、どうしてるかなあ」

エイプリル自身に自覚はまるでなかったが、自分が頭を打ったことは覚えていても、ヤーゴの道場が放火されそうになったことは記憶から抜け落ちていた。自分とプリシラと、フェイツランドのことが大部分で、他は薄ぼんやりと覚えている程度だ。

　覚えていたならこんなのんびりとした気分を味わおうとはしなかっただろう。

　横を見れば、プリシラがじっとエイプリルを見つめている。普段寝ている姿ばかりを見ているせいか、跳んだり走ったり、こうしてじっと見つめていたりするのが珍しく、エイプリルは手を伸ばして濡れた顎の下を撫でた。

「お前の代わりに僕に寝ろって言いたそうな顔だね」

　プリシラは丸い目でじっとエイプリルを見つめたまま首を傾げた。

「――うん。わかったそうする。なんかいろいろ考えなきゃいけないことがあった気もするけど、今はいいや」

　頭の中を空っぽにして休めと言いたいのだと、エイプリルは勝手に思うことにした。そうすると、大きくなったプリシラと二人で不思議な温泉のような泉に浸かり、寝転がって過ごすことを満喫しなければ損のような気がする。

「ねえプリシラ、僕少し眠くなって来た。眠るから、帰る時には起こしてね。どうせだから帰りはもっと景色を堪能することにするよ」

　エイプリルがすっと瞼を閉じると、すぐに意識は水の中に吸い込まれるように沈んで行った。

　完全に寝入ったのを確認したプリシラは、そのまま眠ることなくエイプリルの側に付き添っていた。水晶のような額の角はその間、ずっと輝いていた。

「――だから！　話をさせてください！」

「帰れ。そもそもお前がこの部屋に来ることを許した覚えはねえぞ。勝手に来賓室に押し掛けたってのなら、衛兵に牢屋《ろうや》に連れて行かせる」

「そんなこと出来るわけがないでしょう。次期国王を牢屋になんて話、聞いたことがない」

「ほう、そりゃあ残念だったな。生憎、シルヴェストロでは国王だろうが騎士団長だろうが、貴族の奥方だろうが、遠慮なく牢屋に叩き込めっていう家訓みたいなもんがあるんだよ。グリンネイドじゃ聞いたことはねえだろうがな」

「グリンネイドどころか、他の国でもありませんよ！」

「そうか？　俺が知ってるだけでも三つ以上はあるぞ」

「……今はそんな話をしたいんじゃありません。あなたが欲しがっていた証拠の品を見ていただこうと思っていたんです。それなのに、最近はずっと用事だ会議だと面会にも応じてくれない。押し掛ける以外にどんな方法があるっていうんだ」

「そこは察しろ。ただ単に俺がお前に会いたくなかっただけだ」

「それは酷《ひど》すぎませんか？　父上」

「……俺はお前の父親になった記憶はないぜ」

「そりゃあないでしょう。俺が生まれた時……それよりも前、母が身籠った時にはもうあなたはグリンネイドから立ち去っていたんだから。でも、この首飾りが何よりの証《あかし》だ。シルヴェストロ国王家の紋章が刻まれている」

「王家の紋章が入った首飾りくらい、王族なら誰でも持ってるぞ。俺が種だという証拠にはなり得んな」

「そう言うと思いましたよ。でも母が遺《のこ》した日記にはあなたのことしか書かれていない。どれだけあなたに助けられたか、安心させて貰えたか。迫害され、乗っていた馬車を襲われた時、助けてくれたあなたにどれだけ感謝していたか綴《つづ》られている。首飾りにはハーイトバルト家の家紋もあった」

「それで？」

「俺は調べたんですよ、俺の父親が誰なのか確かめるために。二十五年前のあの当時、グリンネイド駐留のシルヴェストロ国騎士団にいたハーイトバルト家の男はフェイツランド＝ハーイトバルトだけだったのも調べました。母と接触があったのも、当時の召使から聞いている。どうですか、これでもまだ俺があなたの息子だと認めないと言うんですか？」

なんだろう……。

何を言い合っているのだろう。

部屋の外から聞こえてくる声にぼんやりと耳を傾けながら、エイプリルは天井を見上げた。

（空じゃない……）

さっきまでは青い空が広がっていたのに、目を覚ましてみると豪勢な装飾が織り込まれた天井だった。それに、湯が湧き出す泉に浸かっていたはずなのに、なぜか寝台の布団の中に寝ている。

しかも、まるで見覚えのない部屋だ。広く清潔で、落ち着いたたたずまいを感じさせるだけに、外の声だけが異音——早く言えば騒音だった。

（プリシラは……）

プリシラと声を出そうとして、喉が掠れて出ないことに気づき、エイプリルは小さくコホコホと咳《せき》をした。弾みで胸が揺れ、そこで胸の上に小さな兎が眠っていることに気づく。

（小さいや……でもこっちの方がプリシラらしい）

夢の中でずっと一緒にいたのに懐かしく、掛布団から手を伸ばして柔らかな毛に触れようとした時、

「——エイプリル！」

いきなり扉が開け放たれ、飛び込んで来たのはフェイツランドだった。

「だ……んちょ？」

「目を覚ましたんだな。よかった」

大きな声で名を呼び、何度も頷いたフェイツランドは、目元を綻ばせてエイプリルの頬にそっと手を伸ばし、触れた。声を出さず、幾度も顔を撫でる大きな手。目元をなぞり、耳の後ろを指の腹で撫で、頬を挟むようにして両手で包み込む。

正直、くすぐったくて仕方がなかったが、情事の時の愛撫と違って性的な触れ方でなく、皮膚の下に流れる血と命を確かめているような動きに、エイプリルは黙ってされるがままになっていた。

拒否する気は毛頭なかったし、自分から動きたくても動くことが難しかったのもある。

フェイツランドが来たと同時に、プリシラは胸の上から下りて枕元、頭の真横に移動してちょこんと座っているのが、目の端に入る耳と尾でわかった。

しばらくフェイツランドの好きにさせていると、満足したのか漸《ようや》く口を開いた。

「お前、四日も眠ったまんまだったんだぞ。心配させやがって……」

コツンと合わせられた額。間近に顔があるせいか、深く吐き出された息の重さまでも伝わって来て、エイプリルは「ごめんなさい」と声に出した。

四日も眠っていた自覚はエイプリル自身にはないのだが、忙しいはずのフェイツランドが起きた時すぐ声が届く場所にいたことからも、ずっとつきっきりだったことは容易に想像がついた。

目だけを動かせば、背凭れのついた椅子が寝台の真横に見える。よれた上着やシャツなどが無造作に掛けられていて、その草臥《くたび》れた様子からも時間の経過が感じられた。

エイプリルの視線に気づいたのか、フェイツランドは苦笑いを浮かべた。

「お前の世話は俺がした。まあ、寝ているだけだったから手は掛からなかったがな」

「だんちょ……ありが、とうご……ます」

「無理しなくていい。水は飲ませていたが、喉も渇いただろう？　新しいのを貰って来る」

目が覚めたことを隣室の医者にも知らせなければと立ち上がり掛けたフェイツランドの上着の裾を、エイプリルはぎゅっと握った。思ったよりも握力は出なかったが、男の足を止めるには十分だった。

「ここ、どこですか？」

「城だ。シルヴェストロ国王城、その中の来賓室だ。宿舎じゃないのは、ここの方が看護も警備もしやすいからだ」

「でも、こんな立派な部屋……」

「あのな、忘れてないか？　お前はルインの第二王子だろうが。国賓級の部屋なんざ、泊まろうと思えばいつでも泊まれんだよ」

「あ」

そうかと思い出して微笑んだエイプリルを見つめ、フェイツランドはまるで猫にするように顎と喉を撫でた。

「声も戻って来たな。水、飲むか？　具合、悪いところはないか？　頭はどうだ？」

「水は少し欲しいです。具合は今は特には……。起きたらどうかわかりません。頭は言われたら少しズキズキするかもっていうぐらいで、痛いというほどじゃないです」

「そうか。おっと、まだ体を起こすなよ。今、医者を呼んで来る。医者に診て貰って許可が出るまでは、寝たままでいろ」

「はい」

「いい子だ」

と、フェイツランドはエイプリルの頬に口づけた。

「それであの、団長……」

「二人だけの時には名前を呼べって言ったろ？　知

りたいことや話したいことはあるだろうが、それも医者が診てからだ」

医者に診せる前に少しだけ独占したかったのだと、掠れた声で囁かれエイプリルは赤面しつつも、問わねばならなかった。

「あの、オービスさんがすごい顔をしているんですけど」

「あァ？　オービス？」

「はい、さっきから団長の後ろに立ってます」

勢いよく背後を振り返ったフェイツランドは、座ったままグリンネイドの貴族を睨み上げた。

「テメェ、勝手に部屋に入って来んな。さっさと出て行け」

今更……と思ったのは、エイプリルもオービスも同じのようで、僅かに呆れたように眉を寄せた後、オービスはフェイツランドに向かって言った。

「あなたが認めないのが悪い」

「認めないのはお前だろうが。ついでにエイプリルの前でその話をするな」

立ち上がったフェイツランドはオービスの腕を掴むと、部屋の外に連れ出そうと引っ張った。二人の様子を見ていたエイプリルは、そこで自分が目覚めた時に聞こえた口論は、この二人がしていたのだと気づく。

「――それは、団長がオービスさんの父親という話ですか？」

途端、フェイツランドの背中が強張《こわば》るように伸び、次の瞬間には勢いよく振り返った渋面があった。

「お前、どこでそれを……」

「さっき、お二人が話しているのが聞こえました。それから」

ズキッと後頭部が痛んだような錯覚を覚えたのは、その時感じた痛みを思い出してしまったからか。

「僕が怪我をした……のかな、その直前に話をしているのを聞いたから」

「エイプリル」

先の台詞の時には苦い表情しか浮かべなかったフェイツランドだが、続けられた言葉を聞いた顔からは、ふざけた様子も焦った様子も消えていた。

「エイプリル、その話も後でする。そのためにも医者を呼んで来なきゃならん」

「はい」

頷いたエイプリルがフェイツランドと見つめ合っていると、背後からひょっこりと顔を出したオービスが首を傾げた。

「その少年は、怪我をしているのか?」

「見てわかるだろうが。だから煩く騒ぐな押し掛けるなって言ってたんだ。お前を通した衛兵は減給かクビだな。ここは関係者以外立ち入り禁止にしていた。それを守らないのなら城の衛兵でいる資格がない。おら、行くぞ。まだジュレッドから渡された書類が残っているんだろ。先にそれを片づけろ。それが出来ないうちは国王になんかなれると思うな」

今度こそフェイツランドはオービスの腕を引いて部屋の外へ出て行った。抵抗すると思われたオービスが、大人しく為《な》されるがままだったのは意外だった。

フェイツランドが医者を連れて戻って来るまでに思ったよりも時間が掛かったのは、オービスを区画の外に放り出しに行ったからではなく、伝令役として控えていた騎士たちに城と騎士団本部へ連絡をするよう手配をしていたからだ。

「エイプリル王子、無事でよかったよ」

フェイツランドや医者と一緒に入って来たシャノセンは、腰を屈めてエイプリルの顔を覗き込んだ。

「うん、顔色も戻っている。これなら大丈夫そうだね」

自分が寝ている間のことは知らないが、城に担ぎ込まれたくらいだから大事になっているのは何となく理解している。

「ご心配をお掛けしました」

「気にしないでいいよ。私たちはエイプリル王子のことが大好きだからね。本当に無事に目が覚めてよかったと心の底から思う」

　大好きの下りで、自分の定位置に座ったフェイツランドの眉が顰められたが、さすがに言い返さないのは大人げないと自覚しているのと、親しい仲間たちがエイプリルを弟のように可愛がっているのを知っているからだ。そこに恋愛感情は「ない」と。多少馴れ馴れしいのは、独占欲の強いフェイツランドにとってはかなりの妥協点だ。

「でも無理は禁物だよ。目が覚めたからと言って、すぐに動けるわけじゃない。ゆっくり休んで、それからいつもの生活に慣れて行こう」

「はい。ありがとうございます」

　柔らかなシャノセンの言葉にエイプリルは小さく頷いた。

　それからすぐにエイプリルは医者に診察された。痛みなど体の違和感の有無を聞く問診の後、体全体を診察された。

「それじゃあ、打ったのは頭だけなんだな？」

　医者が頭や首を診ている間、フェイツランドも幾つかの質問をした。エイプリルが倒れた時の状況を一番よく知っているのはエイプリル自身しかおらず、頭を打ったという直接的な部分以外の箇所は、誰もが知りたかったことでもある。

「はい。庇おうとして頑張ったんですけど間に合わなくて……」

「首はどうだ？」

　これは医者とエイプリルと両方への問いだった。

「筋を違えているようには見えませんでしたが」

「今は特には何も……。でも起き上がったら違うのかも」

寝ていて自由に動かせない状態のため、実際に首で頭を支えることが可能かどうかは、起き上がってみなければわからない。気絶した後では確認出来なかったことでもあった。

医者の許可を得て、フェイツランドに支えて貰ってゆっくりと体を起こす。真っ直ぐに起き上がった最初は少しだけクラリとしたが、寝ている姿勢が長かったせいらしく、すぐにそれも治まった。

「首は？」

「何ともなさそうです。動かしてみないとわからないですけど」

「ならゆっくりと動かせ。痛い時には無理するなよ」

フェイツランドと医師、シャノセンと従者が見守る中、エイプリルはゆっくりと首を左右に動かした。ぐるぐると回すのはまだ慣れてからでいいと医師に言われたため、左右と前後に軽く動かす。それで痛みがないのを確認した後は、次々に体の各部位を動かすよう指示された。

腕が上がるかどうか、手のひらをギュッと握ることが出来るかどうか、足の指先を曲げることが出来るかどうかなど、エイプリルの自発的な意志に基づいて支障なく動かせるかどうかが重要だった。

跳びはねたり屈伸したりという体が揺れる動きに関しては、先ほどの首と同様、体が起きていることに慣れてから確認するということで合意した。

（よかった……）

何よりもエイプリル自身がほっとした。心配を掛けたというのもあるが、新米騎士であるエイプリルにとっては、身につけたばかりの技術や体の動きを忘れるわけにはいかなかったからだ。

それ以上に、誰も悲しませなかったことが嬉しかった。フェイツランドは当然として、ルインにいる家族、国王や騎士団で仲良くなった人たち。それに、エイプリル自身以上に自分を責めるだろう人たちが、恐らく複数いることを感じていた。

　フェイツランドは体の奥底から絞り出したような大きな息を吐き出した。

「……よかった……本当によかった、お前が無事で」

「……はい」

　起き上がることに支障はないと判断されたが、慣れないうちは体半分だけ起こした状態を保つことにした。柔らかい羽枕が追加され、それを背凭れ代わりに置くとちょうどよく体を起こすことが出来る。眠るのも休憩するのも食事をするのも、この姿勢だと楽だった。

「起きたばかりで悪いが、話は出来るか？　ジュレッドとノーラヒルデが来てからになるからまだ少し先だが」

「はい。大丈夫です」

「きつくなったら言えよ。我慢するんじゃねえぞ」


　エイプリルの目が覚めたという連絡は最初の時にしているが、遠い騎士団本部から来るノーラヒルデはともかく、すぐ近くの私室に仕事を持ち込んでいる国王はまだ姿を見せない。

「忙しいんでしょうか？」

「まあな。いろいろ雑務を背負い込む性質だからな、あいつは。部下に放り投げれば楽なのによ」

「団長はもう少し自分のことは自分でした方がいいと思う……」

　ぼそりと呟いたエイプリルの頭に、いつものような拳骨《げんこつ》が飛んで来ないのはやはり怪我のせいだろう。嬉しいと思う反面、

（残念だなって思ったことは口にしない方がいいよね）

　フェイツランドが聞いたなら、これから先は遠慮なく拳骨をお見舞いされるだけでなく、抓《つね》られたり、指で弾いたりされることになるだろう。

（僕のこと好きだって言う癖に、意地悪だし、止めてって言っても止めないことの方が多いし……）

だけど、こんなにも大事にされている。ここまで伸びた無精髭は久しぶりだ。いつもはすぐに剃るように毎朝毎晩言っているので。髪にはきっと櫛が通っていない。銅色の髪の色は少しくすんでいるように見える。風呂に入っていないのだろう――。

「あ」

「どうした？」

「あの、ジュレッド陛下やノーラヒルデさんが来る前に体を拭いておきたいんですけど。お風呂に入るのは駄目ですよね？」

これは医師に尋ねたのだが、完全に動けるようになるまでは止めた方がいいとのことだった。

「どうしても湯に入れば血の巡りがよくなります。本来はいいことなのですが、見えないところに何かあった場合、重大なことを引き起こす可能性があるんです」

健康な人でものぼせてしまうことがあるのと同じようなものだと、医師は、難しい例ではなく簡単に説明した。

「わかります。おじい様が前に温泉で長湯し過ぎて大変でした」

「ルイン国王が？」

「はい」

あの時は、両親と側近たちが大慌てで医師の手配をしたり、体を冷やすなどして大騒ぎだった。幸い大事にもならず、後遺症もなく安心したのだが。

「だからわかります。見えないところで血の流れが止まってしまったり、切れたりすることがあるんだって教えて貰いました」

医師は露骨に安心した表情になった。エイプリルがフェイツランドの寵愛を受けていることは、仮に事情を知らないまでも態度を見ればすぐに気づくも

のだ。その上で思うことは、

「ルイン国の第二王子に何かあれば騎士団長が激怒する」

というものだ。正しい認識である。

(僕が寝ている間に何かあったのかな)

自分の中ではよくて一日くらいしか経《た》っていないと思っていた。もしもプリシラに連れて行かれた森の泉が本物だったとしても、半日もいなかったはずだ。

物問いたげな顔でもしていたのか、エイプリルに気づいたフェイツランドは、

「後でな。お前が知りたいことも全部これから話す」

と言って頭を撫でた。時系列で何が起こっているのかも、知りたいことがどうなったのかもわからず、声に出して尋ねる雰囲気でもない。

国王もノーラヒルデも少し遅れると連絡が入り、サルタメルヤと侍従が簡単な会食の場を作り上げている間に、エイプリルは寝室で体を拭いて寝巻を着替えることにした。

「あの、自分で出来ます」

「いいからさせろって。俺の楽しみを奪うな」

怪我人への配慮からさせないのではなく、自分がしたいからするのだと言い切ったフェイツランドは、いっそ見事なくらい潔かった。

前開きの寝巻はあっという間にフェイツランドによってはだけられ、上半身が露出されてしまう。

(さすがの手際よさ!)

情事にもつれ込む時には、服を脱がすことも楽しみだと言うフェイツランドは、わざとゆっくり衣類を剝ぐ。気分が高揚する手段の一つだと言われればそれまでで、エイプリルも幾度となくそうやって抱かれて来た。だから裸を見せることに抵抗はないはずなのだが……。

「どうした坊主、顔が赤いぞ」

「……気にしないでください。僕の顔は見ないでいいから、早く済ませてください。ジュレッド陛下やノーラヒルデさんを待たせたら悪いです」

「遅れるって言って来たのは奴らだ。坊主の身だしなみを整えるのに時間が掛かるのは当然だろう？」

「簡単に拭くだけでいいんですけど」

「だから俺に任せろ」

手を伸ばしても手拭いを奪い取ることは出来ず、エイプリルは早々に諦めた。まさか今から話をするという時に、何かをするとは思いたくない。

「変なことしないでくださいね」

とりあえず、言葉にして念を押せば「任せろ」と先ほどと変わらぬ返事。

「あなたに任せていたらどうなるかわからないから言ってるのに……」

プリシラ助けてよと話し掛けても、眠る兎からの返事はない。シャノセンや医師たちは、体を拭くと決めてからすぐに寝室を追い出されていて、助けはない。もしも本当に嫌なことをされたなら、大きな声を出せば助けに入ってくれるとは思うが……。

「僕、信じてますからね。団長が良識ある大人だってことを」

「俺はいつだって良識に則った行動をしてるぜ」

「それ、ノーラヒルデさんの前で言えるものなら言ってみてください」

フェイツランドの手が――手拭いがエイプリルの体を撫でて行く。擦るのではなく、文字通り撫でるように拭いているだけなのだが、その微妙な感触が妙にこそばゆく感じられ、エイプリルは姿勢を天井に向けたまま、出来るだけ感触を追わないように努めた。

（なのに、どうして見ない方が感じちゃうんだろう）

性技について何も知らなかった頃なら大人しく委ねることが出来たのに、フェイツランドの手が齎《もたら》す快楽を知ってしまった今では、いつ愛撫に変わるのかと不安と期待が半分ずつ胸の中でせめぎ合う。

今は駄目だと頭でわかっているのに、もしもフェイツランドに仕掛けられたらすぐに反応してしまうだろう。意識不明になる数日前から体を重ねていなかった。耐性に乏しいエイプリルの体には、容易《たやす》く情事の火がついてしまうに違いない。

(団長、そんなに胸の周りだけ一生懸命しなくていいから、っ。あ、嘘です、嘘嘘。下までは今はしなくてもいいいっ!)

天井を見ている間に乳首を丹念に拭っていた手は、下腹部へと伸びていた。今になって気づくのもどうかと思うが、エイプリルは下着を身につけていなかった。

寝ている間の介助や診察のことを考えると、簡単に着脱できる寝巻一枚の方がいいのはわかるのだが、布団の重みでまったく気づいていなかった。

「団長、そこはしなくていい……で……っ」

言った側からお湯で絞った手拭いがエイプリルの先端を包み込む。

「男はここが一番大事だろう? 安心しろ、お前の意識が寝ている間もしっかりと丹念に世話させて貰った。それにな、エイプリル」

名を呼ばれ、顔を下に向けたエイプリルは後悔した。

「お前のここは俺のもの。俺の所有物をどう扱おうが俺の勝手だろ」

手拭いの上から何度もやわやわと握られ、意図的に擦られたエイプリルの性器はほんのりと勃《た》ち上がっていた。

「意識がある時には勃つんだな。寝ている間は何しててもでかくならなかったんだぜ、これ」

「フェ……フェイツランド! あなたって人は僕の意識がない間に何てことしてくれるんですか!」

大声を出せば踏み込んで来られるとわかっているだけに、エイプリルは小声で抗議した。

「まさか……他にも何かしたんじゃないでしょうね？」

「他にもって？　何をしたと思うんだ？」

「……寝ている間に、その、団長のを中に入れたとか……」

「知りたいか？　知りたいなら教えてやるぜ。懇切丁寧に、俺がどんな風に寝ているお前を甚振ったのか」

「甚振ったんですか!?」

「そうだな。弛緩《しかん》して体中が柔らかくなっていたお前の体は、すぐに俺を受け入れたぞ。少しつついただけで尻の穴は広がって、なのにお前のこれはぶら下がったまま反応しやしない。幾ら握っても揉んでも柔らかいままってのは、逆に新鮮だったな。肝心の中身の方は、普段の方が当然よかったが、いつもと違うやり方は結構クるものがあったな」

「……ほ、本当に入れたんですか？　僕の中に……」

フェイツランドはニヤリと唇の片方を上げた。

「触ってみたらどうだ？　まだ中に残ってるかもな、俺が出した奴が」

「そんな……っ」

まさかという思いと、この男ならやりかねないという思いがぶつかり、勝ったのは後者だった。

寝たままゆっくりと自分の後ろに手を持って行き――。

「……」

潤んだ空色の瞳は、惚《ほ》れた男から簡単に自白を引き出した。

「あー、わかったわかった。俺が悪かった。そんな泣きそうな面するな。全部冗談だ。体を動かせないお前にそんな鬼畜な真似をするわけねぇだろ」

「入れてない？」

「指一本も入れてねェよ」

「ま、前は……？」

「さっきも言った通り、まるで反応しやしねぇ。拭いただけだ。擦りもしない、舐めもしない。口の中にだって入れちゃいねぇ」

エイプリルはほっとした。

「そういう嗜好《しこう》の奴も世の中にはいるみたいだが、俺は人形を抱く気はねぇよ。俺の愛撫の一つ一つに反応を返すのを見るのが楽しみなんだ。特にエイプリル、お前は俺を最高の気分にさせてくれる。勿体ないだろ、一人で楽しむなんざ。それくらいなら、寝ているお前を前に一人で扱《しご》く方がましだ」

言ってしまってからフェイツランドは、

「……それも有りと言えば有りか」

と呟き、惜しいことをしたと頭を抱えた。

しないでくれて本当によかったと思う。意識のない少年を見ながら自慰に耽《ふけ》るなど、大人の男としてはちょっと恥ずかしい。

「——っとほらよ。終わったぜ」

「あ、本当だ。ありがとうございます」

話をしている間に体の大部分は清められていた。

「髪も時々蒸した手拭いで拭いていたから汚れてはいないと思うぞ」

髪に手を当てると、いつもよりは固い髪だが脂のべたつきはない。

「まめですね、団長」

「見直したか？」

「それを日々発揮してくれると僕としてはものすごく有難いんですけど」

「無理だな。これはなエイプリル、お前に対してだけ発揮する技なんだ。お前以外に動かす手はない」

言い切らなくてもいいだろうにと思うものの、特別扱いされて悪い気持ちにはならない。自分の立場では最初から世話係という役目が振られていたから、フェイツランドの世話は義務ではあったが、もしもフェイツランド以外の手が掛かる誰かの世話をしろと言われても、きっと承諾はしないだろう。

「僕も……みっともないから髭剃ってって言うのも、洗濯ものを丸めないでって言うのも団長だけ。身だしなみだってもっときちんとして欲しいし、早起きだって自分でして欲しいけど、でも団長だから……フェイツランドだから毎日同じことを言える」

じっと見つめていると、フェイツランドは困ったように頭の後ろを掻《か》いた。

「俺はなあエイプリル」

「はい」

「お前に関しては本当に辛抱出来ないみたいだ。お前が可愛くてたまらない。すぐにでも部屋に連れて帰って抱きたい」

「それはたぶんまだ駄目だと……」

「わかってる。わかってるから困るんだ。お前はお前で俺の胸に真っ直ぐ届く言葉をくれる。これ以上惚れさせてどうしろって言うんだよ、おいこら」

「いひゃい……いひゃいです、だんひょ」

頬をぐいと抓られて、エイプリルはもごもごと抗議した。やっと離れていった指と、フンと照れ隠しに足を組んで座る男に、エイプリルは目覚めてから一番晴れやかな笑みを見せた。

「前に言いましたよね、僕。弓の腕は誰にも負けませんって」

指差したのはフェイツランドの胸。エイプリルの言葉はいつでもそこに真っ直ぐに飛び、本人が還《かえ》る場所もそこだ。

「狩られたのは俺ってことか」

呟いたフェイツランドの顔が近づいて来る。

エイプリルは静かに瞼を閉じた。

（あったかい……）

触れた唇の熱さは、自分が夢の中にいるのではなく現実に生きていることを実感させた。


「まず最初にエイプリルが襲われた件だが、実行犯の身柄は既に騎士団で確保している」

一番最後にやって来たノーラヒルデは、最初に「よかったな」とエイプリルを労ってから、話し合いの場の主導権を握った。エイプリルをまだ動かすことが出来ないため、寝室に卓や椅子を運び入れ、寝台に上半身を起こしたエイプリルとその横に座るフェイツランド以外が椅子に座った。国王、シャノセン王子、ノーラヒルデ、ジャンニの四人だが、椅子は七つある。フェイツランドの分を一つ引くとしても、あと一人来るのは確定だ。

顔触れはエイプリルにもお馴染みで、委縮するものではない。だが、この顔を見てまず思ったのは、

（なにかを企みそうな集まりって言ったら怒られるかな）

である。

まるっきり傍観者の立場に自分を位置づけているエイプリルは実際には当事者なのだが、それを感じさせることなく、ノーラヒルデは淡々と続けた。

「身柄を拘束されたのは、ハッカー＝マッチネン、チャーリス＝ヘイズ、ヘンドリック＝ベンドールだ。主犯格はマッチネン。放火の相談をしていたところをエイプリルに見つかり、揉み合いになって怪我をさせた」

「マッチネン？　ヘイズにベンドール、聞き覚えがあるぞ」

「あって当然だ。三家とも家長は国内の第三級貴族で内政を担当する役人だ。参考までに伝えておくと、マッチネンの奥方の妹はグリンネイドに嫁いでいる」

「いや、親かじい様か知らないが、頭のどっかに引

っ掛かっているのは、そっちじゃなく本人たちだ」

「ああ、そっちか。覚えがあってもおかしくはない。三人ともシルヴェストロ国騎士団に所属する歴《れっき》とした騎士だ」

「……騎士だと？」

フェイツランドの顔が剣呑《けんのん》に歪められた。

「第四師団所属、階級はなし。二年前に引退した貴族騎士の推薦枠で入団したが、剣の腕前は並の下。特にこれと言って目立った功績はない男だ。お前が知らなくても無理はない。現に私も知らなかったからな」

「それが何だって今になって出て来るんだ？　しかも放火だ？」

「原因は幾つか考えられる。ハッカー＝マッチネンは目の上の瘤《こぶ》を片づけたかった。彼らの親たちは城内での権力拡大を求めていた。そこに目をつけられたと見るのが正解のようだ。目先のことから行こう。まず目の上の瘤はヤーゴ＝キュラール」

「ヤーゴ？」

フェイツランドはハッとしてエイプリルの顔を見た。

「はい。あの人たちはヤーゴ君を目の敵にしていました。ヤーゴ君だけじゃなくて、貴族以外から騎士になった人たちを嫌っていたみたいです」

「裏は取れている。エイプリルの言う通り、小隊長や部隊長のいないところで結構軋轢《あつれき》の原因を作っていたらしいな。ほとんどが実害とは言えない嫌味や任務の肩代わりの分、気づかれにくかった」

ノーラヒルデは書面から顔を上げた。

「これは私も反省だ。庶務や雑務に掛かりきりで、通常時の団の方に顔を出すことを怠っていた。騎士団を維持するために本部に籠っているせいで団の品格が貶《おとし》められたのなら、本末転倒もいいところだ」

ノーラヒルデは前に落ちて来た髪を鬱陶《うっとう》しそうに

払った。

（ノーラヒルデさん、かなり怒ってる……）

全騎士を統括している騎士団副長として、自分の目の届かぬところで行われていた身分による差別や圧力は、決して看過できないものというだけでなく、許されざる行為なのだ。特に、自分で一から調べ直して出て来た小さな悪事の数々は、それだけで柳眉を逆立たせ、青筋を浮かべさせるに十分なものだったと想像出来た。

（団長は……）

寝台に体を預けるエイプリルからはフェイツランドの横顔しか見えない。だが、引き結ばれた口元と眉間の皺から、同じように激怒しているのを抑えているように見えた。

「――彼らの小さな矜持のおかげで騎士団の栄誉と品位が傷つけられたことが一つ」

ノーラヒルデは人差し指を立てた。

「短絡的な暴力行為の常習犯、不真面目な勤務状況、放火に襲撃、恐喝、叩けば叩くほど材料は出て来る」

襲撃の中には、エイプリルの怪我のことも含まれているはずだ。

「エイプリル」

「はい、副長」

「私はジャンニたちがマッチネンたちを捕らえた後からのことしか知らない。何があったか、話せるか？」

「はい」

黙って耐えて隠しても何も産み出さない。そればかりか相手を増長させることになるのだと、エイプリルはしっかりと学んだ。

「僕が聞いたのは二つあります」

「二つ？」

「襲われた日の昼とそれから夜。一つはヤーゴ君の道場を襲ってお父様に怪我をさせたこと、もう一つが道場に火をつけて燃やしてしまえばヤーゴ君が騎士を辞めるだろうからと」

「エイプリル、そのことをなぜ話さなかった？　私でも他の誰でもいい、話していればまた違ったかもしれないぞ」

「すみません、副長。僕も少し軽く考えていたんだと思います。それにオービスさんのことがあって、忘れていました」

オービスか……と呟いたのは誰だったのか。

「騎士のことは騎士団で処罰を下すが、もしもルイン国からマッチネンら三人の身柄を引き渡すよう言われたら、そうするつもりだ」

「え？　ルインが？」

「大事な孫王子を傷つけられたと知ったら、ルイン国王も怒るんじゃないか？」

「おじい様は……たぶん怒ると思います。でも僕が無事だったからお説教だけで済むはずです。そのお説教がとても長くて嫌なんですけど……」

「ルイン国王はそんな方なのか？」

「はい。おじい様が頑固者なのはみなさんもご存知だと思いますけど、本当に頑固で真面目で厳しいんです。双子はまだ小さいから経験ありませんけど、僕と兄はよくお説教部屋やお説教屋敷に閉じ込められました」

「説教屋敷？　初めて聞いたぞ」

「説教部屋はわかるが、説教屋敷？　なんだそれは？」

フェイツランドと国王は同時に質問した。

「文字通り、説教されるんですよ。おじい様がずっと一緒にいて、反省文を書かされたり、たくさんの書写をさせられたり、ごめんなさいの手紙を関係者全員に何枚も書いたり、正直、二度と行きたくないです」

ぶるると震える体を腕で抱き締めたエイプリルの姿

に、他の人々の間に小さな笑いが起こる。

「さすが坊主の生まれた国だな。発想が俺たちとは違う」

「ああ。シルヴェストロの常識だと口より拳だからな。俺なんか何度親父と死闘を繰り返したことか」

「死闘？　ジュレッド、お前にとっての死闘は俺にとってのお遊戯だ。残念だったな」

「当たり前だろ！　まだ子供だったんだぞ。お前と一緒にするな！」

「そこの二人、家庭内不和をここに持ち込むな。第一、それはお前たち王族だけの話だろう。一緒にされると善良な他の家庭が迷惑する」

「言わせて貰えばなあ、ノーラヒルデ。お前のとこの一族が一番えげつないんだよ。それに比べりゃ、シルヴェストロなんざ可愛いもんだ」

「親父の言う通りだ。中央大陸の二つの軍事大国シルヴェストロとクレアドールの王族が赤ん坊に見えるって言うじゃねぇかよ」

エイプリルは一緒にするなと憤慨して抗議する似通った赤毛の二人を笑って眺めた。

（あの二人があそこまで反論するくらいだからすごいんだろうな、ノーラヒルデさんのところって）

フェイツランドやジュレッド、ノーラヒルデだけでなく、マリスヴォスら騎士の中の騎士――ラ・ヴェラスクェスと呼ばれる騎士たちは皆、ここに至るまでに過酷な訓練を経て来ているのだろう。いつも笑っている印象が強いマリスヴォスの普段を見ているとまるで想像も出来ないが、戦場で剣を奮う赤毛の青年を一度でも知ってしまえば、簡単にそれまでの認識と像は崩れていく。

「よかったね、サルタメルヤ。我が国は一般の範疇《はんちゅう》に入っているみたいだよ」

一人シャノセンだけが微笑みを浮かべ、優雅に茶を飲んでいる。その穏やかな声は、口論に発展しそうだった場を和らげる働きを持っていた。

「——話が脱線した」

ノーラヒルデも茶器を口につけて喉を湿らせると、

「続きだ」と切り出した。

「さっきの騎士三人は処罰が決まり次第、騎士の位を剝奪して騎士団から放逐する」

「その後は国の法律で裁いて、よくて牢屋か一族郎党追放だな」

国王は軽く続けた。

「騎士団の中の問題だけじゃないからな。城下への放火は重大な罪だ。死罪にされても文句は言えないし、言わせねえ」

「三人についてはそれでいい。次は——ん？　エイプリル、何かあるのか？」

そっと胸の辺りに手を上げたエイプリルにノーラヒルデが気づく。

「マッチネンさんたちが捕まったということは、ヤーゴ君の道場は無事だったんですか？」

そのことを報せに行く途中で倒れてしまったエイプリルには、どうなったのか確認する術がなかった。

「ああ、未遂で終わっている。ジャンニ、説明を」

「巡回の途中で主を乗せていないお前の馬が見えたから行ったんだよ。そうしたら、喧嘩のような声と足音だろう？　ちょうど駆けつけた時、エイプリルが倒れるのが見えたんだ。ハッカーたちは通りまで出てしまえば雑踏に紛れ込めると思っていたようだが、その前に全員捕まえた」

「よかった……」

ジャンニは目を細めて微笑んだ。

「ヤーゴも心配していた。出歩けるようになったら顔を見せてやれ。見舞いにも来ようかどうか迷っていたから、向こうから来るかどうかは五分五分だな。どうもお前が怪我したのを自分の責任に感じているようだぞ」

「そんな……別にヤーゴ君のせいじゃないのに……」

「それは直接エイプリルから言ってやるといい。それでもグダグダ言うようなら」

「拳でわからせろ？　ですか？」

「察しがいいな、その通りだ」

　フェイツランドの周囲にいる幹部の中では、比較的地味な部類に入るジャンニだが、さすがにノーラヒルデやマリスヴォスたちと対等に会話をすることが出来るだけある。シルヴェストロ国出身者の精神的な強さは、筋金入りのようだ。

「ありがとうございました、副長。僕が気になっていたのはそれだったから安心しました」

「最初に伝えて安心させるべきだったな。私の落ち度だ」

　軽く頭を下げたノーラヒルデは「次は」とフェイツランドの顔を凝視した。

「既に知っている者も多いグリンネイドからの客人についてだ。フェイ、どうする？　お前が話すか？　それともジル、お前の口から説明するか？」

　銅色の髪のフェイツランドと赤味の強い金髪の国王という義理の父子は、互いの顔を見つめたが、顎をしゃくられた国王が「やっぱり俺か……」と文句を言いながら、嫌そうに口を開いた。

「我が国とグリンネイドの関係が正しく理解出来ていることを前提に話すからな。シャノセン王子とエイプリル王子は、わからなければ後でノーラヒルデか親父にでも確認してくれ」

　言われた王子二人は頷いた。先日説明して貰ったものでわかるとは思うが、不明な箇所が出て来た時にはそうするつもりだ。

「オービス＝エイドというのが奴の名前だ。前国王の姪《めい》の息子で二十三歳。もう十日以上前になるが、いきなり城にやって来て自分が正当なシルヴェストロ国王だからお前は退位しろと言われた」

「は？」

「陛下、それ本当なんですか？」

エイプリルも驚いたが、ジャンニもまた驚いたように細い目を見開いていた。国王になると思い込んでいるのは知っていたが、まさか今の国王本人に面と向かって宣戦布告済みとは……。

「オービス＝エイドが主張した行為は事実だが、奴が正当な国王という認識については誤りだ」

「わざわざシルヴェストロ国の城にまで乗り込んでくるほどの証拠か確信でもあったというんですか？」

ジャンニの問いに国王が頷くのを見ながら、エイプリルは思い出していた。

「……確か首飾りに家紋が入っていたって」

まさかエイプリルがその事実を知っているとは思っていなかった面々は、ぎょっとしたように寝台に顔を向けた。中でも一番驚いたのはフェイツランドである。

「お前、それどこで聞いた？　誰から聞かされた？」

「誰って……本人から。ついさっき団長と言い合いをしていたのが聞こえたんです」

チッという舌打ちが漏れた。

「オービスが押し掛けて来た時だな。もう意識が戻ってたのか？」

「薄ぼんやりだけど、声が聞こえて目が覚めたんです。そうしたらどんどん声が大きくなっていって自然に」

「あの野郎、あとでもう一回締めとくか」

フェイツランドは物騒なことを呟いた後、エイプリルの頭を撫でた。

「悪かったな。煩くして」

「それはいいんです。でも」

エイプリルはぐっと力を込めてフェイツランドを見つめた。

「オービスさんが団長の息子って本当ですか？」

あ、という声を上げたのは国王か、ノーラヒルデかわからないが、ぶっという吹き出し笑いの持ち主は確定出来た。

全員が扉の前に立って手を振る派手な見掛けの男を見て、「お」というように目を開いた。

「マリスヴォス＝エシルシア第二師団長、たった今任務から戻りました」

軽く片手を胸に当てて一礼したマリスヴォスは、肩から旅装用の袋を下げたまま部屋を横切ってエイプリルの前まで来ると、痛ましそうに孔雀色の瞳を揺らした。

「坊やが怪我したって聞いて驚いたよ。もう大丈夫なのかな？」

「はい。ただ頭を打って動かない方がいいのと起きたばっかりだから、こんな場所に座ってます」

「それが大事だよ。ゆっくり養生してね」

「はい」

「うん、よいお返事です。あ、そうか。坊やが大丈夫だから、お見舞いがてらみんなでここに集まって悪巧みしてるんだね」

マリスヴォスは自分が選択した単語の響きが気に入ったのか、「いいね悪巧み、うん」と何度も頷いている。

（せっかく声に出さなかったのになあ）

誰が見てもそう見えてしまうのなら、それは真実「悪巧み」なのかもしれない。

　だが、実際にこの部屋で行われていることは何なのだろうという疑問はある。エイプリルに直接関わりのあることで、知りたかったことはわかった。

（ヤーゴ君の家が無事ならそれでいい）

オービス＝エイドのことは……気になるが、フェイツランドと血の繋がった実の息子だと聞いた直後に気を失ってしまっていたため、尋ねる機会はなかった。目が覚めてからは、今の自分の状況を確認するだけでいっぱいだったというのもある。

（あれ？　でも団長の子供だったとして、団長が三十六。老けて見えるけどオービスさんが二十三？　え？　え？　あれ？　それってまさか……）

頭の中で情報を元に計算したエイプリルがフェイツランドの顔を見ると、同じようなことをしていたジャンニがボソリと呟いた。

「十三の時に作ったということになりますね」

国王たちが声に出さないのは、既に知っていたからなのだとして、さすがに早熟過ぎやしないだろうか？　エイプリルが十三の頃――と言ってもまだ三年前に過ぎないが、今とあまり変わらなかった気がする。精通は……――。

（……まだだったよ、僕）

双子の弟妹と遊んだり、馬に乗って草原を走ることの方が面白くて、まるで色の方には興味が湧かなかった。十三歳の時だけではない。騎士団に入るまで文字の上での知識以外何も知らなかった。

（教えてくれたのは……）

エイプリルはフェイツランドを見つめた。この力強い男の手で体も心も大人になった。これからも成長していくことが出来ると思っている。

「坊主？　おい、エイプリル――」

「なんですか、団長」

「あ、いやお前が黙りこくったままだったから、怒ってるのかと思ったんだが。違うのか？」

エイプリルはにっこりと頬を上げた。

「やだなあ、僕が怒らなきゃいけないようなことでもあるんですか？」

「い、いや。それはないが」

怒ってるな。うん怒ってるよね。あの笑顔で何も考えてないと思うか？　エイプリル王子だから表裏はないと思いますよ。

（好き勝手言っててください。だって、僕が怒った

ってしょうがないじゃないか）

　本当に実子だったなら、それまで放置していたことを責めるかもしれないが、過去の行いはどうあってもエイプリルには消せないものだ。だったら、最初から認めてしまえばいい。

　開き直りとも言う態度のエイプリルに反し、フェイツランドの方は解せないという表情で首を捻っていたが、

「先に弁明しておくと、オービスは俺の子供じゃない」

「うんそうだよ。オービス＝エイドは団長の子供じゃなくて、団長のおじいさんの弟の八番目の息子の子供だね」

　マリスヴォスは丸めた書簡をノーラヒルデに渡した。

「マリスヴォス、裏は取れたのか？」

「取れた取れた、取れました。ちょっと時間掛かったけど、オービスの母親付きだった侍女と車夫と乳母も、必要なら証言してくれるってさ。乳母の方はもう八十越えてるから証人能力が認められないかもしれないけど、侍女と車夫は別のお屋敷に奉公してる働き盛りだから問題ないはずだよ」

「ご苦労だった、マリスヴォス。グリンネイド派兵当時の騎士団の記録と一緒に提示すれば、すぐに真実は明らかになるだろう」

「だから最初から言ってただろうが。俺じゃねえって」

「でもよ」

　と手を上げて声を出したのは国王だ。

「それにも親父は参加してたんだろう？　だったらハーイトバルト家繋がりで、疑惑が晴れるってわけにもいかないいんじゃないか？」

「フェイ、そこはどうなんだ？」

「本人がいればいいいんだが」

「亡くなったんですか？」

「もう四年前にな」

「旅行先から俺の戴冠式に帰る途中で突然死だ。まだ五十にも届いてなかったのにな」

「いや、あれは自業自得だろ。事故か流行《はや》り病かと思ってたらまさかの腹上死。女一人と男二人の三人で戯れていてのアレだ。お前の戴冠式と重なってよかったぜ。目出度《めでた》い時だからってんで、葬儀もひっそりとしたもんだったからな。それでも奴の愛人だか子供だか言うのがわんさか領地に押し掛けて大変だった」

養子ではあるが、国王も武門の名門ハーイトバルト家に繋がる出自だ。フェイツランドと二人で当時のことを思い出しながら表情に浮かべるのは、呆れである。

「浮き名を流すだけ流して逝《い》ったと思っていたが」

「四年も後になっていらん騒動を運んできやがった」

二人は揃ってハァと溜息を落とした。

「血筋だねえ」

マリスヴォスがのんびりそう言うと、再び二人は揃って目を剝いた。

「あんな節操無しと一緒にするな！」

「あいつはハーイトバルトの異端児だ！」

「でもほら、団長も陛下も――」

「マリスヴォス」

「エシルシア師団長、口を噤もうか」

マリスヴォスははっと自分の口を押さえた後、降参の印に両手を上げた。

よい大人たちが子供みたいな真似をして……と思うが、これもまたシルヴェストロ国の王家の形なのだ。

「マリスヴォス、言葉以外で何か証拠になるようなものは見つかったか？」

「お任せあれ。副長ご期待のものはちゃあんと手に入れて来ましたよ」

マリスヴォスは提げていた袋から手紙と思《おぼ》しき束を取り出し、ノーラヒルデに渡した。

「もっといっぱいあったんだけど、とりあえず際どい台詞がだらだらあるのだけ選んで持って来たよ。乳母だった人が隠し持ってた。残りは部下が見張ってる」

「上出来だ」

無造作に一通を抜き取ったノーラヒルデは開封済みのそれを一瞥《いちべつ》し、見る間に渋面になった。眉間の皺は目が行を追うごとに深みを増し、一枚目の最後まで読み終わることなく、手紙は途中で卓の上に放り出されてしまう。

「ここまで来るといっそ天晴《あっぱ》れなのかもしれないが……」

疲れたように目元を指で押さえるノーラヒルデの様子に真っ先に興味を示した国王は、同じように読み進めながら、口元を歪ませていった。

「……なんだこれは……え？　本気でこんなこと書く男がいるのか？」

ただ、嫌悪感も露わだったノーラヒルデと違い、明らかに国王は楽しんでいた。呆れながら楽しんでいたというのが正しい。

「おいジュレッド、何が書いてあるんだ？　お前の百面相見ても楽しくもなんともないぞ」

気にはなるがエイプリルの側から離れる気のないのが明らかなフェイツランドに、国王は声に出して読み上げた。

「――朝露を見るたびに、僕を見上げる貴女《あなた》の瞳を思い出す。艶やかで潤んだその色は、僕のすべてを虜《とりこ》にした。可愛らしい僕だけの花よ、今度はいつ潤いの蜜を飲ませてくれるのだろうか？　夜になると艶やかに開く魔性の花、貴女の蜜は僕の舌を蕩《とろ》けさせ、空の上へ舞い上がらせる。昼は淑女、夜は男を引き寄せて止まない魔性の花よ、僕の大雀蜂《すずめばち》は貴女の甘い蜜を吸い、貴女の中に潜りたくて泣いている。柔らかな貴女に包まれれば、きっと荒ぶる蜂も大人しく頭《こうべ》を垂れるだろう。ああ、マドーラ、僕の可愛い子……まだ読むか？」

「……いや、いい。もう読まなくていい。大体わかった」

フェイツランドは片手で顔を覆い、シャノセンとジャンニは俯いて笑いを噛み殺し、運んで来たマリスヴォスは楽しそうに聞き入り、エイプリルだけがきょとんと首を傾げていた。

（大雀蜂って……虫だよね？　どうしてみんな顔が赤いんだろう）

「詩人のつもりなのかもしれないが、才能は皆無だな」

手紙を放り投げた国王は、背凭れに体を預け、頭を後ろに反らして天井を仰いだ。

マリスヴォスは手紙をつついて笑った。

「笑えるよねえ、大雀蜂だって。本当に大雀蜂だったのか、それとも虻《あぶ》だったのか、真相が知りたくなっちゃって、思わず関係を持った人を探しに行こうかと考えちゃったよ」

「つまり、大雀蜂がオービスの母親のマドーラに手を出していたのは間違いないんだな」

「間違いないよ。他にもね、たーくさんあったんだけど、公表されたらマドーラ姫が墓から出て来るかもしれない代物で、さすがに見世物には出来ないし。だから部下に見張らせてるんだ。こっちの動きに勘づいた誰かさんたちが証拠隠滅に走るかもしれないしね」

「本物に間違いはないんだな。贋作《がんさく》や代筆を疑われるのは面倒だ」

「それは大丈夫。マドーラ姫も詩人のも両方のものを入手済みだから。まあ、当時のことを知る人は意外と多く残ってるみたいだし、その辺は探せば幾らでも出て来るよ。どうもハーイトバルト家の仕来りで一度は騎士として従軍しなきゃいけなかったみたいで、その時にグリンネイドでマドーラ姫と運命の出会いをして恋に落ち、一夜の過ちどころじゃなくて毎晩いたして授かったのがオービス＝エイドだね」

理解出来た、と全員が頷いた。手紙の内容はまだ理解出来ていないエイプリルも、二人がただならぬ関係で、しかも熱烈な恋愛関係だったのはわかった。

「でも、大雀蜂の詩人さんの方は軍属から解放されたらすぐに他の花を探しに行っちゃって、マドーラ姫の方は貴族の後添えにって望まれて子連れで結婚しました、ってわけ。夫とは死別したことにしてたらしいよ」

「状況はわかった。わからないのは」

ノーラヒルデはフェイツランドを指差した。

「どこをどう経由したらフェイが父親だという話になるんだ？　それだけ目立つ行動をしていたのなら、十三歳の子供よりもよほど父親だと認定されると思うのが普通だと思うが」

「親父、心当たりはないのか？」

「あると言えばある、ないと言えばない。だが、あれくらいで人違いが起こるか？」

「一人で考えずにさっさと話せ。忘れているようだから言っておくが、フェイ、お前はエイプリル王子の前で潔白を証明するのが最優先なんだぞ」

「あれえ、団長ってば坊やに疑われてるんだ？　え、破局ですか？　三行半《みくだりはん》？」

「うるせぇぞ、マリスヴォス。誰と誰が破局だ」

「団長と坊やです。ね、坊やも知りたいよね？　心の底から団長が父親じゃないって信じることが出来る材料は欲しいよね？」

考えて、エイプリルは頷いた。

「ほら！」

「マリスヴォス、お前が威張ることじゃないだろう」

はしゃいでいるのを隣のジャンニにたしなめられて、マリスヴォスは肩を竦めた。

「おいエイプリル、お前も知りたいのか？　俺が違うと言っても信じられないか？」

「信じるか信じないかで言えば――信じています。団長は無責任だけど、大事なところではそんなことはないから。だから、絶対に違うって言う証拠があるなら、僕が知りたいだけじゃなくて、みんなの前で言った方がいいと思うんです。それに」

エイプリルは空色の瞳をすっと翳らせた。

「一番お気の毒なのはオービスさんだと思うから」

これがどうしようもない大悪人や罪人が父親だというのなら、他人が父親だと思い込ませていた方がいいが、今回は散々けなされてはいるが嫌われている人物ではないようだ。

「そりゃあ派手に遊んでいた方みたいだから、もしかしたら知らない方がよかったたって思うかもしれないけど」

でもとエイプリルはフェイツランドに向かって小さく唇を尖らせた。

「あの人、団長がお父様だって信じていたら絶対に団長のところに通うと思うんです。いろいろ理由がつけて。お母様とオービスさんを捨てた――のかどうかわからないけど、いなくなっていた父親の割に、憎んでいる様子はないでしょう？」

「言われて見れば……そうだな」

「養子の俺に辛く当たるのはそのせいか！」

国王に辛く当たる？　事情を知っているらしいノーラヒルデ以外が揃って首を傾げた。

「いや、あいつ、嫌味言うんだぞ。お前がさっさと書類を片づけないから親父の負担が増えている、騎士団長に専念させてやれって。いつまで世話を掛けるんだって、この俺をだぞ？　見下すんだ、あいつは」

シルヴェストロ国王を相手にかなり胆が据わった男のようだと誰もが思った。

「――なるほどな、ジルを退位させて国王になりたいのはフェイに楽をさせるためか」

「俺か？」

「おい、ちょっと待てよ。親父のどこが苦労してるんだよ？　苦労してるのは俺だぞ？」

「その意見には私も同感だ。フェイほど気ままで自由に生きている男は知らないぞ」

「団長って……」

国王と副長にそんな評価を受けている騎士団長は、エイプリルの呆れた視線を受けて、憮然と腕を組んだ。

「どうにも思い込みの激しい方のようですね、オービスさんは。団長、お話の続きをどうぞ」

シャノセンはおっとりと先を促した。


「当時、ハーイトバルト家の者でグリンネイドに駐留していた騎士は二人。俺と詩人だ。ただし、やつは本家直系の俺に遠慮したのか、母方の姓を名乗っていた。ハーイトバルト姓が一人しかいないと記録されているのはそのせいだ。母親の相手を俺だと思い込んだのは、単に先入観だろう。そしてたぶんこれが一番大きな理由だと思うんだが、寂れた田舎の街道で反体制派に襲われた馬車から乗っていた貴族の娘を救い出したのは俺の部隊で、活躍したのは俺。そのまま警備で一泊した。ちなみに、その部隊には大雀蜂もいた」

「それで団長がというのは無理がないですか？」

「それはなあ」

フェイツランドはやれやれと言うように立ち上がり、自分の肩の下辺りに水平に手を置いた。

「坊主の身長がこれくらいだろう？　で、当時十三歳の俺がどれくらいだったかというと」

手は肩を越え、耳の下辺りまで上がった。

「ジャンニより少し高いくらいか」

「十三歳で？」

「おう。発育がよかったせいもあるし、日頃から親戚連中に鍛えられていたのもあるからな、そこらの騎士と並んで子供だとばれたことはない」

「う、羨ましいですっ、団長！」

「一方、大雀蜂の方はまあわかるだろう？　武人にはまるで向いていないっていうのが。勤めだから所属はしていたが、文官としてだ。助けたのは俺と部隊の連中、ただしその後の世話を裏側で親身になってやったのが詩人。今思えば、最初から目的は娘だったんだろうな。計算高い男だったから、うまく取り入ったんだろう」

「じゃあ、本当に親子じゃないんですね？」

「品行方正とは言い難かったがな。俺がへまなんかするもんか」

「フェイ、それはへまをしなければいいと開き直っているように聞こえるから、後でエイプリル王子に釈明をしておけ。誤解が発生する条件が揃っていたのはわかった。それくらいなら、簡単に親子関係がないことは証明出来る」

ノーラヒルデは頬杖をついて微笑んだ。

「つまり、誰かが故意にオービスに偽の情報を与え、シルヴェストロに乗り込むよう知恵をつけさせた」

「誰かって、グリンネイドの連中しかねえだろ」

「グリンネイドの反体制派――過去の亡霊、旧王閥派の仕業だな」

はいはい、とマリスヴォスが挙手をした。

「そこも調べました。現国王と周辺のシルヴェストロ国に対する忠誠心は変わりません。首都も国境の付近に住んでる国民も、戦がないのが一番いいって口を揃えて言ってたし、飢え死にすることがなくなったことに感謝こそすれ、不満は持ってなかったよ。

持ってるのは」

マリスヴォスは言った。

「旧王の一族の一部を祭り上げている旧体制派。今の王たちが潤った生活をしているのに比べて、辺境で自分たちが貧窮しているのが許せないらしい。でも、過去の栄光を取り戻したくても、国境には深紅の団旗が翻って睨みを利かせている。そこで悪いおじさんたちは考えた」

「シルヴェストロの国王を替えてしまえばいいじゃないか、ってわけか」

ようやく繋がったと国王は呟いた。

「グリンネイドを保護し、友好を深めている俺やフェイツランドじゃなく、自分たちに都合のいい王を玉座に座らせる。それが前国王の種だったら、玉座に就けなくてもしばらくの間混乱状態を作り出すことが出来るかもしれない」

「その間にグリンネイドでも政権交代が行われればいい」

「――と本気で思ってるなら医者に診て貰った方がいいだろうな」

冷たく言い放ったノーラヒルデは、すっと立ち上がった。

フェイツランドが腕組みしたまま言う。

「元凶はわかった。それならすることは一つだ。マリスヴォス、第二師団はまだグリンネイドか？」

「大隊二個が国境に展開、五部隊が副長が貸してくれた諜報部《ちょうほう》と協力してグリンネイドに潜入中」

「元凶の塒《ねぐら》は？」

「把握済み」

ぽんぽんと交わされる会話は打てば響くようで、マリスヴォスの返事はフェイツランドとノーラヒルデの期待に十分沿うものだった。

「一日、いや半日で落とす」

「第五師団を派兵しよう。それだけあれば十分脅威だろう。マリスヴォスは先にグリンネイドに引き返して手筈《てはず》だけつけておいてくれ。騎士団が首都に入る前に片をつけたい」

「承知しました」

「ジュレッド、お前はグリンネイドの地にシルヴェストロ国騎士団が入る許可を出すよう、国王宛てに親書を書け」

当事国の国王の許可。それは形式であっても何よりも必要なものだ。

「わかった。オービスはどうする？　まだ国王の見習いをさせておくか？」

「現状維持だな。悪いがシャノセン、お前はグリンネイドには行かずに城でオービスの動向の観察だ。オービス本人には注意を払う必要はない。あいつは単純が服を着ているような奴だからな」

「わかりました。彼に接触しようとする者を見ていればいいいんですね」

「オービスは今、執務室でジュレッドがするはずだった書類仕事に関わっている。補佐の形で手配するから、怪しい奴や怪しい文書が紛れていないか見張っていて欲しい」

目端の利くシャノセンならではの配置だ。

寝室はいつの間にかグリンネイドへの侵攻作戦会議の場に変わっていた。

夕食も同じ場所で取り、それらすべてが片づいて全員が退出したのは、もう夜もかなり更けてからだった。

エイプリルが久しぶりに口にした食事は、野菜と細切れ肉をトウモロコシのスープで煮込んだ粥《かゆ》で、正直に言えば物足りなかったが、胃が受け付けないと言われてしまえば我慢するしかなかった。

「あの」

「お前は居残りだ」

「まだ何も言ってません」

「声でわかるんだよ」

風呂に入ってこざっぱりした姿で戻って来たフェイツランドは、エイプリルの横に巨体を滑り込ませると、頭の後ろで手を組んで座った。二人分の重さで布団が柔らかく沈み込む。

「街中だからな、大人数を注ぎ込むわけにはいかない。国境に一個師団を寄せるのは威嚇だ。変事があればすぐにでも介入する姿勢を見せておく必要がある」

「でも団長は剣を持って戦うんでしょう？」

「騎士団長だからな。真紅の団旗の下に黄金竜あり。ま、使えるものなら何でも使えってことだ。それが騎士団長でも国王でも、変わらない。戦は早く終わらせるのが一番いい」

「……旧王制派の人たちも考え直せばいいのに。自分たちだけお金を持ってても、国民が貧しくて飢えていたら意味ないのに」

「それが為政者としては普通の考え方だ。それが出来ない代が続いたから、国が消滅してしまう前に腐った土台を変えて今がある。しかしどうしても、目先の金銀に惑わされるんだろう。年寄りが唆《そそのか》し、実行は若い者が行う。そして権力は年寄りが持つ」

「ずるいですね」

「成功したとしていつまで年寄りが生きているかどうかはわからないがな。いっそグリンネイドの自浄作用に任せてみようかと考えていた時期もあるんだが、国が傾いてシルヴェストロに流民が押し寄せるのがわかっているからな、手助けはするが自分の国の揉め事は自分たちで解決しろという話になった」

「いろいろ奥が深いんですね」

「疲れるだろう？　陰謀に根回しに交渉。ルインと北方三国の時もそうだったが、いっそわかりやすく戦を仕掛けた方が楽だ。ジュレッドはまたしばらく寝れないだろう」

「お気の毒です、ジュレッド陛下」

「そういうわけだから、エイプリル。市街戦に慣れていないお前は連れて行けない。それに頭を打っただろう？　国境まで三日で着くが、今のお前を馬や馬車に乗せたくない」

フェイツランドは体をずらし、エイプリルの膝の上に頭を乗せた。自然にエイプリルの手がフェイツランドの髪を撫でる。

「その代わり、頼みがある。シャノセンやジュレッドと一緒にオービスを見ていて欲しい。ただ、お前はシャノセンと違って何か特別なことをする必要はない。オービスを見て、話をして、どんな男なのか、帰って来た俺に教えてくれ」

「どうしてそこまで気にするんですか？　……まさか本当は」

「それはない。本当に俺の子じゃあない。清廉潔白でもないし、十三の頃にはいろいろ遊びもしたが、オービスに限っては誓って潔白だ」

「……本当に？」

「本当に」

引き寄せられた顔に触れた唇。無精髭は綺麗に剃られ、それにエイプリルは嬉しくなった。

「僕、思ったんです。今の騒動だか話が全部片づいたら、オービスさんに真実を話して、本当のお父様のお墓に連れて行ってあげたらいいんじゃないかって。迷惑でしょうか？」

「迷惑かどうかは、あいつ次第だな。悪い奴ではないんだが、次期国王に奉り上げられて、自意識過剰になってるところはある。鼻っ柱の強さが気に入らない時は折っていいからな。不埒《ふらち》な真似をされそうになったら、股座《またぐら》の方も不能になるくらい蹴飛ばしてやれ」

「ありませんって、そんなこと」

「わかんねぇぞ。あの節操無しの大雀蜂の息子だからな」

「普通に女の子に目が行くんじゃないかなあ」

そろそろ座っているのもきつくなったエイプリルは、フェイツランドの腕に抱えられるようにして横になった。

「頭、気をつけねえとな」

言いながらもフェイツランドは、エイプリルを離す気はないようだ。

「――早くお前を抱きたい」

エイプリルは応えずに、そっと寄り添った。それが答えのようなものだ。


翌日にはマリスヴォスが、三日後にはフェイツランドが国の東にあるグリンネイドへと出立した。今回の行動は、いつもとは違って最初に行軍で軍事行動を見せる示威的なものを極力伏せるため、囮《おとり》として第一師団が南へ軍を動かすという手を取った。第一師団はノーラヒルデが師団長を務める組織だが、副長として行動することが多いノーラヒルデの代わりに、通常は三人の連隊長が指揮をしている。

また、それとは別にノーラヒルデ直属の魔術師団という名が組織図の端の方に記されており、これは実質一人だけのために作られた、騎士団に籍を置かせるためのものだという。

「エイプリル王子も知っている方だよ。今は副長の代わりにあちこち飛び回っているようで、城内にはいらっしゃらないようだけどね」

国王の私室に向かいながらシャノセンが笑いながら教えてくれた。

エイプリルが滞在している貴賓室から、渡り廊下を使って反対側の棟にある国王の私室には、初めて行く。最初に挨拶した時は普通一般に国王が仕事をする執務室だったから、初めて私的な空間へ足を運ぶことになる。

シャノセンの両手には大量の書類が抱えられ、まだ怪我の後遺症が気になるエイプリルは少しの量を抱えていた。

「——あ？　そりゃあオービスの奴が使えねえからだ」

書類を机の端の方に乗せながら、国王が私室で仕事をしているわけを尋ねると、国王は書類から目を上げずに応えた。

「オービスさん、ですか？」

「エイプリル王子には教えてなかったが、この間からあいつに執務室を明け渡している」

それはつまり、国王として必要な仕事をオービス＝エイドにさせているということで、

「え？　じゃあ、オービスさんが次のシルヴェストロ国王になるのは本当なんですか？」

自分が寝込んでいる間にそんな話になっていたとは、と驚くと、嫌そうな顔を隠しもしない国王と目が合った。

「ンなわけねえだろ。あいつが自分の方が国王に相応《ふさわ》しいってほざきやがるから、ならやってみろってんで、させてるだけだ」

エイプリルは思い切り眉を下げた。

「ジュレッド陛下、それって子供同士の喧嘩と一緒ですよ……」

確か二十四だか二十五だかの国王は、

「俺は悪くない」

と胸を張る。

（あんまり似てないと思ってたけど、団長にそっくりだよ、この人……）

開き直り具合といい、売られた喧嘩をすぐに買うところといい、血縁関係がなくても親子だと誰もが思うだろう。

（でもこれが団長の家の血筋なのだとしたら）

エイプリルは先ほどチラリと見たオービスの顔を思い出した。

（オービスさんは違うような気がするんだよね、やっぱり）

本人はフェイツランドの子供だと疑ってはいないが、どうしたって違和感が残る。

書類がたくさんあって一人じゃ運べないからと言われ、ついて行ったシルヴェストロ国王の執務室。ジュレッドとの初対面の時よりも書類の山は明らかに半減していたが、オービスはそれも満足にこなすことが出来ていない。

真面目にやろうとすればするほど、意気込みが大きければ大きいほど、一つの案件に割く時間が必要以上に掛かり、それが後ろにずれ込むことによって、遅延が発生していっているのだ。

（どうして出来るって思ったのか知らないけど、早めにオービスさんも降参した方がいいと思うけどなあ）

シルヴェストロ国のことを知らない若者に意地悪だとも思うのだが、喧嘩を買ったのは国王もオービスも同じで、しかもこれにはフェイツランドとノーラヒルデも嚙んでいるのだという。

（僕だったら絶対に買わないよ、こんな喧嘩）

玉座という餌が目の前にぶら下げられていても、だ。

（だって、可哀《かわい》そうだけど嵌《は》められたのがすぐにわかるんだもん）

自分にさえわかるのに、どうしてわからないのかなと思うが、それをオービスに伝えてやる義理もない。それ以前に、

「必要以上に奴に近づくなよ」

とフェイツランドに命じられてもいるのだ。自分でオービスの様子をそれとなく観察していろと言っ

た癖に、と呆れた。

エイプリルに与えられた仕事の第一は国王の補佐。と言っても、本物の秘書官や補佐がいるのでほとんどすることはない。ただ、秘書官も補佐もオービスと国王の間を往復しながらで、時間的な制約もある。その間、書類の中身を分けたり、署名が終わった書類を整理して過ごす。

頑強な机と椅子ではない。柔らかな大きな寝椅子がエイプリルの定位置で、疲れたらいつでも休んでいいと言われてはいるのだが、すごい形相で仕事をする国王を前にして、横になる度胸がある人がいたら教えて欲しいと思ったものだ。

執務室の端には壊れた書卓と椅子があったのでそれでもよかったのだが。

「――あ」

修理すれば使えるかなあとぼんやりと立派な書卓を眺めていたエイプリルは、窓の外にちらりと映った影に声を上げた。運んで来た書類の内容の確認をしていた国王とシャノセン、補佐が、一緒になって窓の外に顔を向けた。

「ああ、戻ったか」

国王が窓を大きく開けるとすぐに、光に青く輝く黒竜が部屋の中に舞い降りた。

広げていた羽を畳んだ黒竜の背中には、首から腹にかけて締められた革の胴巻きがあり、そこには細長い筒が取り付けられていた。

その筒を黒竜は首を回して器用に抜き取ると、国王に向かって放り投げた。

(投げた！)

それがうまい具合に曲線を抱いて国王の手の中に納まるのだから、大したものである。

「お前なあ……ほんの少ししか距離ねえだろ。直接渡すか、俺に取らせればいいだろう」

文句を言いながらも国王は火で筒を封印していた

蠟《ろう》を溶かし、中から書簡を取り出した。

機密文書や親書など人に見られては困る重要なものは、こうした特別な筒に入れて運ぶことが多い。蠟で封をして、そこに印を入れておけば万一開封されてもすぐにわかる仕組みである。

ルイン国の王族としてエイプリルも、アドリアン国の王子のシャノセンも当然知っていることだ。

中に入っていたのは二枚の羊皮紙。それに目を通した国王は、それまでの不機嫌が一転、ニヤリと笑った。

(あ、こんなとこも団長にそっくりだ)

さすが義理ではあるが親子である。

「グリンネイド国王からの親書だ。シルヴェストロ国騎士団のグリンネイドでの戦闘行為を容認すると言って来た。もっと簡単にいやあ、さっさと不穏分子を片づけてくれっていう依頼だな」

国王は一枚を自分の手元に残すと、抽斗《ひきだし》から取り出した紙に署名し、玉璽《ぎょくじ》を押すともう一枚の方と一緒にもう一度筒に入れて竜の背に括り付けた。

「ノーラヒルデに渡して来い。後は騎士団の仕事だ」

黒竜はわかったと言うように羽を大きく広げた。

「わっ……馬鹿、部屋の中で広げるな！　そして俺を叩くな！」

軽く国王で遊んだ黒竜は「早く行けよ！　待ってるだろうが！」という国王の怒鳴り声を背に、ふわりと窓から飛び立った。

「……ったく、絶対にあいつは俺を国王だと思っちゃいねえな。ノーラヒルデの言うことしか聞きやしねえ。飼い主に今度文句を言おう」

あいつがいない時にと声に出して言っている時点で、立場の上下は決まっているようなものだと思ったが、国王のためにエイプリルは口に出さずにおいた。

それよりも、だ。

「グリンネイドで戦になるんですか？」

国内でのシルヴェストロ国騎士団の軍事行動を認めるということは、間違いなく戦場になるという確約のようなものだ。そのための強大な力であり、軍事力なのだから。

「戦っても、大軍率いてぶつかるようなことはないと親父は読んでる。愚策でしか対抗出来ないのがわかってるからこそ、オービスをこっちに送り込んだんだ。うちが怖くないなら、最初から武装蜂起してるだろ」

だから前にフェイツランドが言っていたように、あったとしても市街戦。塒《ねぐら》にしている場所が限定されているのなら、事前に周辺から人を遠ざけておけば善良なグリンネイド国民には被害が出ることはないと、国王は断言した。

「そのための根回しはもうマリスヴォスが終えている。後は突入して首謀者を捕らえ、力を削ぐことだな。まるっきり丸腰だとは考えられない。奴らは自分たちが非力なのは承知しているはずだ。だから、絶対に周囲に私兵を雇って置いている」

「傭兵《ようへい》だったら簡単ですね」

シャノセンは書類を纏めてトントンと書卓の上で揃えながら微笑んだ。

「悪名高いシルヴェストロ国騎士団と一戦交えようなんて思わないでしょうし、下手をすれば寝返りますよ、こちらに」

国王はハッと笑った。

「寝返り結構！　使えそうならフェイツランドが連れて来るだろ」

「……それでいいんですか？　敵側だった人を連れて帰って来ても」

フェイツランドや国王も不死身ではない。何かあってからでは遅いのだと少しの非難と不安を乗せて尋ねると、

「傭兵というのは金と条件次第だ。それに、うちにつくってことは計算も出来るってことだろ。よほど義理人情で縛られていない限り、自分にとってどっちが得かくらい考えてもわかる。仮にだ、俺がやられれば騎士団……シルヴェストロ国が全力でそいつを捜し出して報復する。仮に……仮にだぞ？　本当に間違ってもそんなことはないと思うが、フェイツランドがやられても、同じことをする。ノーラヒルデでもシャノセンでも、エイプリル王子お前でもだ。騎士団の名をつけちゃあいるが、クレアドールとシルヴェストロの騎士団の本質は傭兵だ。どっちが得かなんざ、考えるまでもないだろうよ」

確かに国王が言っていることはわかる。正論だ。

仮に――本当に仮に何かあったとすれば、それは誰も予想出来なかったことで「仕方がない」のだろうとも。

（仕方がない、で済むはずはないんだけどね……）

そこまで感情は割り切れない。

だが、だから報復は迅速に苛烈に行われるのだろう。あまり見たいものではないが、それが軍事大国と言われる所以《ゆえん》なのかもしれない。普段の騎士たちの人柄を見ていると、あまり想像はつかないけれども。

「――話を逸らして申し訳ありません。団長たちには何も不安になるところはないという認識でいていいんですね？」

「ああ。やり過ぎるくらいでちょうどいい。建物を壊しても、今回の負担は全部グリンネイドが持つと言って来ている」

「陛下、それは団長たちもご存知なんですか？　知らせない方がよかったのでは？　あとから追加分を請求される可能性もありますよ」

フェイツランドたちが害される可能性よりも、その方が遥《はる》かに高い確率だとシャノセンは言う。

だが、国王は「それがどうした」とまるで気にしていない。

「破壊王に預けたんだ。それくらいのことはグリンネイドも覚悟してるだろ。請求されたらノーラヒルデに対応させれば、収まるところに収まるだろうしな」

それはグリンネイドをノーラヒルデが言いくるめるということなのか、それとも他の条件を引き出して結果的にこちらが得をするように仕向けるということなのか……――前者の方が圧倒的に有り得る。むしろそれを期待して、現地派遣騎士たちが過剰な破壊行動に出る恐れもあるのではないだろうか。

同じことをシャノセンも思ったのか、「うわあ」という表情と共に「お気の毒様」という同情のようなものが浮かんだ。

どちらにしても、今のグリンネイド国の体制にとって、シルヴェストロ国は絶対に仲良くしておかなくてはならない存在なのは間違いなさそうだ。

「にしても」

再び自分の書卓に戻った国王は、椅子に座る前に書卓と脇机、その他台の上の書類の束を眺め、うんざりと声を落とした。

「自分で出来るって言いやがった癖に、俺のところまで回される書類が減らねえのはどうしてだ？」

「それはオービスが終わらせられないからですね」

「ジュレッド陛下がいつもしてる政務なら、オービスさんには無理なんじゃないですか？」

「無理ってことはない」

「その根拠は？」

国王はニヤニヤと笑みを顔に張りつけ、シャノセンは肩を竦めた。

「オービスにさせているのは、学院から出たばかりの新人の役人がするような仕事なんですよ」

「そうなんですか⁉」

「ええ。ただし、ここはシルヴェストロ国。扱っている量も内容も簡単なものじゃありません」

「そうやって鍛え上げられた奴だけが、上の役人になれるってわけだ。志半ばで辞める新人も多いぜ」

「他国の王子である私やエイプリル王子が見ても差し障りがないものという時点で察していただけるかと」

確かに。エイプリルは何度も頷いた。

先ほど黒竜が運んで来た機密文書ではないが、政治中枢に関わりのあるものを扱うにしては、騎士ではあるが部外者の自分たち二人がいることに違和感を覚えていたのだ。

オービスを観察するという目的があるため、気にしないようにはしていたが、そういう裏があるなら納得だ。

「どっちみち片づけなきゃいけない書類ではあるからな。秘書官と補佐をつけてさせてるんだ」

「じゃあ、この書類もジュレッド陛下がする必要はないんじゃないですか?」

わざわざ王の元に運ばせる必要性はどこにあるだろうかと考えたエイプリルだが、理由はとても単純なものだった。

「俺がやってた分の半分も出来ない癖に国王になるなんざ百年早い」

金茶色の目を眇めた国王は、柄悪く書卓に腰掛けた。

「日に何度も往復すれば、それだけ奴に与える精神的圧力も増えるからな。エイプリル王子、お前が仕分けしているのもほとんどがあるべき部署に戻されてるんだぜ」

「え? 知らなかったですよ、僕。だってジュレッド陛下の書類、少しも片づいてないじゃないですか」

「エイプリル王子、だからこちらが本来シルヴェストロ国王が処理するはずの書類なんです。私とエイプリル王子が運んで仕分けしたものは、秘書官が外に出る時に役所まで持って行っているんです」

「そうだったんですね……」

熱心に仕分けをしていたがそこにはまるで気がつかなかった。

流石《さすが》は大国シルヴェストロ。こんなに小さなことまでやらなきゃいけない国王の仕事は大変だと思っていたが、勘違いだったのだ。

「てなわけで、俺の仕事はいつもの分に、オービスがやったやつで決裁済みのものの確認と最終承認だ」

オービスが認可したものが通ればそのまま国王の御璽《ぎょじ》を押して通過させるが、内容に不備があれば突き返す。どちらにしてもオービスにも国王にも手間が二度以上掛かっている面倒な仕様だ。

「でもそこまでしてオービスさんに仕事をさせる必要があるんですか？」

「いい指摘だ、エイプリル王子」

「あいつにさせている書類には少し仕掛けがあってな」

そう国王が言った時である。

「ジュレッド陛下、これは一体どういうことなんだ!?」

当のオービスが、衛兵が止めるのも聞かず無理矢理に私室に押し掛けて来た。赤い顔をして、息が少し荒いのはここまで走って来たからだろう。

「無断侵入で投獄されたいか？　オービス＝エイド」

今までエイプリルたちと話していたとは思えない真面目な表情で、「次期国王」を見つめる国王に、オービスは一瞬押し黙ったが、すぐに手に持つ書面を書卓の上に叩きつけた。

「父上を罷免するというのはどういうことなんだ!?」

激高する瞳は茶色のままで変わらない。手招きされたシャノセンの側まで避難したエイプリルの目に映る国王ジュレッドの瞳は、フェイツランドと同じ金色だ。そして、その瞳の輝きにも見覚えが十分あった。

（ジュレッド陛下……何か楽しんでるみたい）

傍目には不機嫌そうに見えるかもしれないが、ジュレッド・セルビアン＝マオという男を少しでも知っていれば見分けがつく範囲にある。

いやそんなことよりも、オービスが言う父上とはこの場合はエイプリルの年上の恋人を指す。

「ジュレッド陛下、団長が罷免って……」

驚くべきはこちらだ。寝耳に水もいいところで、しかも当事者のフェイツランドはグリンネイドへ出向いていて、確かめることも出来ない。

思わず口を挟んでしまったエイプリルに、国王は眉を上げ、シャノセンはそっと自分の唇を指で触れた。

黙っててごらん、と。

「――その書面にあるのがそうならその通りだ」

「しかし、父上は前国王として騎士団長としてシルヴェストロ国の発展と成長に尽くして来た。それを紙一枚で罷免など……」

「だが、今のフェイツランドは騎士団長だが国王ではない。そして国王は俺だ。……正直、うんざりなんだよ」

国王は鬱陶しげに前髪をかき上げた。

「城は苦情受付所じゃねえんだぞ。それなのに、親父が何を壊したどこで騒いでいるって毎日届く嘆願書と請求書。俺の指示に逆らってばかりで、古株も俺よりも親父の意見を優遇する。いいか？　もう一度言うぞ。シルヴェストロ国の国王は俺だ。フェイツランド＝ハーイトバルトじゃない。これ以上奴に権限を持たせれば、何が起こるかわかったもんじゃねえ」

「だから権力を取り上げるというのか!?」

「その通り。国王命令に反して罷免を受け入れなかったら投獄、罷免を受け入れたら老後のために荘園の一つでも用意してやるさ」

エイプリルは吹き出しそうになるのを抑えた。

(老後……団長の老後……)

一体どんな姿になるのか想像出来ない。出来るのは、今のフェイツランドに皺と白髪を多くしただけの姿で、恐らく六十でも七十でも変わらない気がする。現に、エイプリルの祖父ルイン国王も、エイプリルが小さい頃からほとんど変わっていないように見受けられる。記憶違いと言われればそれまでだが、鍛え上げられた武人は老けている暇はないに等しいのかもしれない。

同じことを国王でも想像出来る。だが、大柄でがっしりした体格でも、オービスには無理だった。

(僕が知らない人だからなのかもしれないけど、なんだろう。おじい様とも違うし)

覇気という言葉があるとすれば、それはフェイツランドには結び付けられるが、オービスには繋がらない。

罷免という言葉を聞いてすぐは驚いたが、今となっては楽しんでいるのがよくわかる。そう、楽しんでいるのだ、国王は。溜まった書類に対する鬱憤か、それとも余計な揉め事を持ち込んだオービスへの八つ当たりなのか、どちらにしても今の状況はオービスには圧倒的に不利だった。

例えるなら、大きく開けて待ち構える竜の口の中に虎が飛びこんで行くのと同じだ。虎は強い。だが竜はもっと強い。竜の口の中で虎がいくら爪と牙で抵抗しても、痛みは感じても勝負の行方は最初から変わらない。

竜や魔獣に勝てるのは、隻腕の魔王ノーラヒルデくらいなものだろうと、右腕を失った逸話を思い出しながら考えたエイプリルだが、その喩《たと》えは実際に間違ってはいない。

（絶対血筋だ。誰が見たって絶対親子だ）

人を食ったような笑みを浮かべたままの国王と、顔を真っ赤にしているオービス。歳は似たようなものなのに、器の違いは明白だ。

「――そうか、わかったぞ。お前は俺が国王になるのが邪魔なんだな。そのために、俺の後ろ盾になる父上を排除し、自分好みの側近で固めるつもりなんだろう！」

「好みの側近ってのはいいな」

「そうだと思った！　そいつも！」

オービスは大人しく座って書類を纏めていたシャノセンを指差した。

「私ですか？」

「そうだ。それからお前も！」

僕？　とエイプリルは自分を指差し首を傾げた。

「国王の補佐をするには若過ぎるし見目がよすぎる。よからぬことに耽っているのではないのか!?」

エイプリルはともかく、シャノセンも国王も大して年齢は変わらなかったはずだけどなあと思いながら、シャノセンを見ると呆れたように肩を竦めていた。

「そんなくだらない理由で側近を固められるほど甘くねえよ、シルヴェストロは。それより、オービス＝エイド、お前は親父が出した宿題を終わらせたのか？　確か親父には豪語してたよな、自分が王だったら半日もあれば片づくと。お前が片づけられないから俺のところにまで回って来るだろうが」

「あれは国王のする仕事ではないぞ」

鋭いと思ったのは内緒だ。

「お前がどう思おうと、シルヴェストロ国の国王の仕事は忙しくて山のようにあるんだ。毎晩夜会でも開いて遊び歩いていると思ったか？」

「だが、お前は城にいないことが多いと聞いたぞ」

「椅子に座ってするだけが仕事だと思うなよ」

その後も二人の話は平行線を辿り、残りの仕事を片づけさせるため秘書官がオービスを連れ戻しに来るまで続いた。

やっとオービスがいなくなった室内には、襟元を大きく寛げさせ、深い溜息をつく国王の姿があった。

「……まったく、あそこまで思い込みが激しいと面倒くさいことこの上ないな」

「聞いててあんまりよくわからなかったんですけど、結局、オービスさんは何をしに来たんですか、ここに」

「親父の罷免の撤回と、書類仕事はもう嫌だっていう泣き言だろ」

「本人は認めたくないでしょうけどね」

「悪い人じゃないみたいだけど、単純なんですね」

「あれならちょっと吹き込まれただけで自分が御落胤だと思い込むのも無理はないな。いいように利用されて終わりだ。――シャノセン、例のものは？」

「副長に言われて混ぜておきました」

「例のものって？」

「偽の書類だ。グリンネイドにシルヴェストロ国騎士団が侵入する。その経路を記した図面入りだ」

「それって！　見られても平気なんですか？」

「見られていいように混ぜたんだ。それを信じて、オービスが自分のグリンネイドでの後見人――この場合は母親の兄に漏らすかどうかが要だ」

国王が言うには、他にも少しずつ小出しにグリンネイドに対してのシルヴェストロの行動を書いたものを紛れ込ませていたらしい。

「どうしてそんなものを……」

「本当にオービスがグリンネイドに通じているかどうかの確認が第一だ。現場で首謀者は押さえる手筈だけどな、漏れが出た時の保険だ。それに、騎士団がグリンネイドに入るのを旧王派の連中が私兵で邪魔する可能性もある。撃破するのは容易いが、避けられるものなら避けたいだろう？　引っ掛かってくれたら別の方面に軍を出すだろうし、こっちは障害物なしに進める。待ち構えていたところにうちの連中がいなかったんじゃあ、敵さんも拍子抜けだろうぜ」

　聞けば案を出したのは国王だが、具体的に何をどうするという内容を組み立てたのはノーラヒルデとフェイツランドらしい。

「これでも譲歩してるんだぞ。親父を戦わせたら、復興の軌道に乗ったグリンネイドがまた焼け野原になっちまう可能性が高いからな。まあ、今回グリンネイドの首都に潜り込むのは少数だ。任務を速やかに完了させるには、排除出来る邪魔者は先に片づけておいた方がいい」

　偽の情報ではあるが、国境沿いにはそれとなく騎士団の部隊を幾つか駐留させて、それらしく見せている。

「国境を一歩でも越えれば問答無用で捕らえていいという約束もグリンネイドの王と取り交わしている」

「じゃあ、本当に団長たちには危険はないんですね」

「ない。そもそも早く片づけてシベリウスに帰還するための作戦だ。親父が張り切らないわけねえだろ。あーあ、俺もグリンネイドに行きたかったぜ。たまには俺も一緒に発散させて欲しい。今度親父に頼むか」

「ジュレッド陛下……」

　シャノセンが笑いながらエイプリルの肩を叩いた。

「それだけ早くエイプリル王子のところに戻って来たいんですよ。どちらかというと、こちらでの用事の方が団長には重いようです」

　なんだろうと首を傾げたエイプリルが、どういう意味なのかを知ったのは国王が言ったように、市街戦の許可がシルヴェストロから届いて半日経たずに早々とグリンネイドでの仕事を終わらせ、城に戻って来たフェイツランドを見てからだった。


グリンネイド国首都ネイドス。

中心部から少し離れた高台の邸宅街にある一軒の屋敷の広間には、こざっぱりした上品な服に身を包み、思い思いの姿で寛ぐ五十人以上の男たちが集《つど》っていた。

そこに殺伐とした雰囲気はない。時折零れる笑いに、互いを小突き、ふざけ合う姿からは、ただ上流階級の暇人たちが何かの余興のために集まっているようにしか見えなかった。

問題はその余興だ。確かに余興ではある。男たちにとっては、取るに足らない仕事で、さっさと片づけて、国に帰りたいと望んでいる者もいる。

その中の筆頭は今、二階の露台に立ち、腕組みをして眼下を見つめていた。


「あ、団長。ここにいたんだ。はい、食事ですよ」

手に大きな皿を持った赤毛の青年は、にこやかな笑みを湛《たた》えて、据え置きの石台の上にそれを載せた。

平たいパンの上に野菜と鶏肉《とりにく》を載せて焼いたもので、片手で摘んで食べることが出来る。野戦の時の簡素で味気ない携帯食に比べると、こうして屋内でゆっくりと敵襲の心配をしないで食事が出来るのは、精神的にも非常に楽だった。

「見張りは他に人がいるんだから、団長は休んでればいいのに。さすがにお酒はないから、水で勘弁してくださいねえ」

どんと置かれた瓶にはしっかりと「葡萄酒《ぶどう》」と書かれているが、中身はマリスヴォスが言ったように水である。さすがにこの場面で酒を要求するほど、男たちも非常識ではない。

酒はいい気分の時に飲むべきもの。つまりは、国に帰って馴染みの酒場に繰り出して、酔っ払うのが最高なのだ。

そのための禁酒は苦でもなんでもない。

皿を運んで来たマリスヴォスは、自分で椅子を引き寄せると、長い裾をたくし上げ、

「よいしょっと」

と声を掛けて座った。裏地がふんだんに使われた分厚いドレスなので、動きにくいことこの上ない。

そんな第二師団長を見たフェイツランドは、呆れたように肩を竦めた。

「お前……その格好が気に入ったのか？」

「ん？　まあそれなりに楽しんでやらせて貰ってるよ。結構、似合うってご近所でも評判」

「そんなごつい娘でもいいってか？」

「失礼な」

マリスヴォスは口の中のものを飲み込んで、薄く紅を引いた唇を尖らせた。

「少しくらいごつくても、美人なら問題ないって。もっとふんわりした服だったら、体型も誤魔化せたのかなあ。副長だったら問答無用で似合いそうだけど」

どうかなあと裾を持ち上げたマリスヴォスに、フェイツランドは口から零れかけた飲みかけの水を袖で乱暴に拭いながら、真顔で言った。

「おいマリスヴォス。怪我したくなければノーラヒルデの前では言うなよ。あいつに女装の話は厳禁だ。酔っていたとしても絶対に言うな」

お？　という形にマリスヴォスの目が開かれた。鮮やかな孔雀色の瞳には、面白そうだという表情が溢れている。

「団長、もしかしてヤられちゃったクチ？」

「ああ。あの時は俺も若かった……。酔った勢いの怖さを思い知らされた二十代最後の日だ」

遠い目をするフェイツランドをマリスヴォスは興

味深そうに見つめた。この若者は、基本的に楽しいことが大好きなのだ。

「へえ、どんな風だったかかなり興味あるんだけど？」

「――マリスヴォス、世の中には知らない方がいいことはある。もしも知りたいのなら、念のため遺言を書いてからの方がいい。俺だからまだよかったものの、他の奴らだったらどうなっていたか……」

「そ、そんなに？」

フェイツランドは黙って頷いた。

「うーん、副長の女装は見たい。でも命は惜しい。悩むなあ。寝てる間にこっそりってのは駄目かな？寝所に忍び込むのは城塞攻防戦より難しそうだけど」

ぶつぶつと悩む部下を見て、フェイツランドは肩を竦めた。自分に被害が及ばないなら、何でもしてくれという気分だ。一応の忠告はした。その上で、実行するかどうかはマリスヴォス次第だ。


「俺としては今の話はなかったことにして貰った方が有難い。使える有能な騎士が減るのは痛いからな」

マリスヴォスは、えへと笑った。

「団長に褒められちゃった」

「で、その使える部下の情報としてはどうなんだ？敵の様子は」

ん、と大きな塊を飲み込んだマリスヴォスは、油で汚れた指を前掛けで拭き取りながら、先刻仕入れたばかりの情報を伝えた。

「警戒らしい警戒はないけど、朝早くに早馬が出て行きました。追跡させているけど、たぶん行き場所は私兵を集めている郊外の屋敷だと思われます。そっちにいるのは、前王の弟二人が集めた私兵。ほとんどがふた月の間に雇った傭兵で、大体三千くらいだからあんまり多くはないかな」

彼らはそこで待機し雇主から指示があれば、即座にネイドスに押し入るつもりなのだ。馬や食料も近隣の村から押収しているという評判が立っているおかげで、内密と言うわけにいかないのがお粗末ではある。

「主力がいるのはそのお屋敷で間違いありません。ただ、酒場でちょっと訊いてみたら、他に二十人くらいの小さな集団がお城の周りの家を何軒か借りてるみたいだね。こっちも今朝の早馬で動きが慌ただしくなった様子。これは毎朝その家の前を通る花屋の息子からの情報だから、確実です」

フェイツランドは頷きながら思った。酒場で引っ掛けられた連中はともかく、マリスヴォスの色香に当てられたネイドスの善良な民は、きっと十本の指では足りないだろうと。

「朝方に動きがあったってことは、動いたな」

フェイツランドは頬杖をついたまま、先ほど自分が眺めていた鍵型の家屋に視線を向けた。

高台にいれば王城はすぐに見える。シベリウスほど大きくないネイドスの町の規模からすれば、目と鼻の先と言ってもよいくらいだろう。

前国王の別宅だったそこに、今、現王に対する不満を持つ者たちが集まり、体制を再び変えようと画策している。

グリンネイドとシルヴェストロで引き続きの国交を約束する調印が行われるまで、あとひと月を切っている。どちらの国でも調印式のための書類を作成し、シルヴェストロはグリンネイドからの一行を出迎える準備に余念がない。

その件は騎士団副長に丸投げしているフェイツランドは、ノーラヒルデにきっぱりと釘を刺されていた。

「騎士の配備、街道の警備。どれもこれも手配済みだ。いいか、フェイツランド。この予定が崩れないようにしっかりと片づけて来い。言っておくぞ。今の私に予定外の仕事を振るな」

フェイツランドは、これは絶対に守らなければと心の底から思った。はっきり言って、いつも以上にノーラヒルデに仕事を押し付けている自覚は、ある。オービス＝エイドという若者がシルヴェストロ国に来なければ、百歩譲っても……というよりもそこが一番大事なのだが、自分の息子だなどと主張しなければ、もっと騎士団業務にも協力することが出来た。年下の可愛い恋人に言わせれば、

「そういうのはもっと普段からやりましょうよ」

ということになるが。

グリンネイド国の動きに関しては、オービスが来る前から目を光らせていた。二十五年前の調印後、初めての更改だ。もしも再びの政権奪還を狙って何か工作をするなら、この機会しか有り得ない。

「――そう思っていたら、本当にちょっかい掛けてきやがる」

「ねえ、あれってさ、やっぱり団長と陛下の仲を裂こうとしてのこと？　だとしてもすっごくお粗末だと思うんだけど。どうして隠し子が来たくらいで、団長と陛下が喧嘩しなきゃいけないのさ」

「自分たちがそうだったから、他にも当て嵌まると考えたんだろ」

グリンネイドの現国王は、前国王の甥《おい》。通常の政権交代劇に当て嵌めるなら、この男も表舞台から遠ざけられるはずがそうならなかったのは、存在が隠されていたからだ。いわゆる妾腹《しょうふく》の息子で、早い段階で里子に出されていたのだ。それが幸いし、腐敗した政治とは無関係に庶民の生活の中に溶け込んでいた男が、お家騒動に巻き込まれた。当時の次期国王候補として、である。

「女ばっかり生まれるんなら、女の人に継承権渡せばいいのにね」

「まったくだ。男に拘《こだわ》るからこうなる。男女関係なく嫡子相続にでもしときゃあ、庶子を引っ張り出し

て来ることもなかったんだろうに」

　庶子を国王に据え、叔父である自分たちが政権を握り、甘い汁を吸い続ける予定が狂ったのは、庶子が真面目な学者だったこともある。大多数の国民が貧しく厳しい生活を送っていたことを、まさに自分で体験していたからだ。

　そしてシルヴェストロ国介入による鮮やかな政権交代劇。一滴の血も流さずというわけにはいかなかったが、少なくとも腐敗した政治が続けば失われたはずの多くの命が助かった。

　その庶子が即位して二十五年。新たにシルヴェストロ国の庇護対象として存続するか、正しく独立して不干渉を申し出るか。

「五分五分でもなかったな。二十年以上経ってもまだ過去の亡霊に取りつかれている奴らがいる限り、完全な独立とはいかんだろう」

「団長と陛下は仲良しだもんね。隠し子くらいで壊れるような絆じゃないもんね」

「うちの国王の選定基準は他と違うからな。オービスが次期国王になることは有り得ない」

　誰もが納得する圧倒的な力、これを備えた者だけが王の冠を頭上に戴くことが出来る。

「ジュレッドは今でこそ戦場に出てないが、一個師団を任せられる。能力は十分すぎるくらいあるからな」

「強いよねえ、陛下は。団長には負けるけど、剣筋も似てるし」

　ただ性格の問題か、剣技が素直なところもあり、フェイツランドほどの圧倒的な破壊力はない。それでも、フェイツランドとノーラヒルデを除けば、まず間違いなく一番の腕前は国王ジュレッドだ。次点でマリスヴォスというところだろうか。

「お前とジュレッドは戦い方も、使う武器も違うからな。あくまでも比較すればの話で差はない」

「まあね。オレには無理だもん。あそこまで力でぶん回すなんて絶対無理」

と、二本の剣を自在に振り回し、戦場を舞うように駆け巡る青年は笑う。

「それで団長、オレたちはこれからどうすればいい？」

マリスヴォスの目も、同じようにフェイツランドが見ている屋敷に向いていた。

「ノーラヒルデとジュレッドが動いた。すぐに突撃許可が下りるだろ」

それもすぐにと、フェイツランドは笑みを浮かべた。その目は、頭上高くに向けられていた。

「マリスヴォス、騎士たちに言え。竜が舞い降りた」

怒った時の恋人の瞳によく似ている青い空の中に一つ、黒い点が徐々に大きくなって来る。

ハッとマリスヴォスの瞳が見張られ、すぐに嬉しそうに破顔する。

「了解！　オレも着替えなきゃ！」

パンの一切れを口の中に押し込みながらマリスヴォスが裾を翻して階下に走っていく。すぐにワァーッという歓声が広がった。

「……ったく、あれじゃ聞こえちまうだろうが」

隠し子がシルヴェストロ国王になるために城にやって来たと聞いた時には、グリンネイド国の貴族が一枚二枚噛んでいるとわかりつつ、ジュレッドと一緒になって笑ったものだ。

オービス＝エイドに対して、フェイツランドは暑苦しくて鬱陶しい奴だと思ってはいても、特に負の感想は持ってはいない。何をどう吹き込まれたのか、シルヴェストロの国王になるという自信も、単純だと思ったものだ。城の中を勝手に歩き回られたり、詮索されるのを回避するために、国王の仕事という触れ込みで、書類仕事をさせるよう導けたのは、幸運だった。

誤算は、自信と思い込みを甘く見ていたフェイツランドの側にある。まさかそこまで「父親」を慕っていたとは考えもしなかったのだ。

だから、エイプリルが知ってしまった。

マリスヴォスと配下の騎士たちが下準備をしていたのだから、フェイツランドは何もせずにただ本国からの連絡を待てばよかったのだが、それすらもじれったく感じていたのは否めない。

グリンネイドの国民には悪いが、いっそ突発的な何かが起これぱいいとまで思ってしまったのは、それだけ早く国に帰りたいと望んでいるからだ。

「エイプリルの顔が見てェなあ」

外的な傷がないとはいえ、意識不明から覚めたばかりのエイプリルを残してグリンネイドに来なければならなかったのは、かなりの誤算だ。

日頃の遠征や行軍で別行動をするのとも違う。自分がいない時にもしも何かあったらという不安は、顔に出さないだけで常に付き従っているのだ。

「さっさと終わらせて、早く帰るか」

フェイツランドは身支度をするために立ち上がった。

部屋の中に入る前に、もう一度空を見上げる。黒い点はもう真上だ。

シルヴェストロ国を離れてまだ五日。そして、もう五日。

グリンネイド国王が用意したこの貿易商の旧宅にいるのは、己の牙と爪——武器を研ぎ、「行け」の命令を待っている精鋭の騎士たちだ。

身の内を高揚が満たし、それが最高潮になった時、彼らは黄金竜の咆哮《ほうこう》を合図に、ネイドスの町に放たれることになる。

グリンネイド国民に紛れた騎士たちは、迅速に自分たちのなすべきことを行った。

事前に敵方の屋敷に隣接する四方の屋敷には、護衛の名目で傭兵に偽装した騎士を潜入させており、彼らはそこで逃げ込んで来る敵を討つ役目を担っていた。

市街戦にまでもつれ込むと、甚大な被害が出る可能性があるため、戦いは高級邸宅街で完結させる必要があったのだが、それにはグリンネイド国王が手を講じてくれた。

シルヴェストロ騎士団から合図の狼煙《のろし》が上がれば、すぐに国軍を出動させて区画を閉鎖、旧王制派の兵が集まっている城近くの屋敷には、シルヴェストロ騎士団と共に兵を派遣し、取り押さえる手筈になっている。

シルヴェストロの騎士たちは、そこに指揮官がいなくても何をすればよいかを心得ている。そのための精鋭——騎士の中の騎士ラ・ヴェラスクェスの投入だ。

指揮官らしい指揮官もなく、数を揃えただけに過ぎない旧体制派の私兵や傭兵たちとは心構えも力量も違う。

そのうえ、他の師団から借りて来た一騎当千の騎士たちを第二師団長マリスヴォスが統括し、すべての先頭に立って率いるのは騎士団長フェイツランド＝ハーイトバルト。

「これで勝てないわけがないよね」

傍らのジャンニに笑い掛けるマリスヴォスの剣は、屋敷の中に入る前に、すでに二十人以上を斃《たお》していた。広い屋敷の出入り口は三カ所、表と裏と通用口。この三カ所から同時に突入した。マリスヴォスがいるのは、傭兵たちが最も多く集まっている通用口だ。

「問題は、いかに早く収拾をつけるかだ」

ジャンニの短剣が使用人部屋から飛び出ようとし

た男に突き刺さる。素早い動作が売りの短剣は、物が多く置かれている狭い屋内での戦いでは非常に便利だ。

　普段は二本の剣を振り回すマリスヴォスも、屋敷の中では一本しか手にしていない。それが若干不服そうではあるが、殲滅《せんめつ》速度は大して変わらないのだから、相手が弱いというよりも騎士たちが強過ぎるのだ。

「ジャンニは、向こうに行かなくてよかったの？」

　向こうとは、城近くの屋敷の方である。あちらにも騎士たちがいるが、ジャンニはこちらに残った。

「あっちは力で攻めた方が早いだろう？　グリンネイド国軍もいるし、正統法だからな。そのための防具と武器は選んで持たせた」

「市街戦ってさ、力技勝負のところあるよね」

　マリスヴォスは左手を上に上げた。籠手《こて》が上から飛び降りて来た男の剣を弾き飛ばす。まさか弾き飛ばされるとは思っていなかった男が反撃の姿勢を取る前に、ジャンニの連接棍《れんけつこん》が伸び、男を床に縫いつける。先端には槍の穂先のような鋭い剣がついており、四つに分かれた部位が鎖で一つに繋がった武器は、新しく仕入れたばかりということで、今回が初お目見えだ。

「それ使い易《やす》い？」

「そこそこだな。屋内よりは外の方が力を発揮出来そうだ」

「そっか。今度オレも使わせて」

「副長はこれよりもっと連接が多い奴《やつ》を使ってるぞ」

「知ってる。ぱっと見たら鞭《むち》なんだよね。でも尖ってて痛い武器。副長にはお似合い」

　マリスヴォスは軽く左手を振った。当てている籠手の表面には光る鱗がびっしりと並び、しなやかで硬質なそれは、傷一つつくことなく大抵の刃《やいば》は防いでくれた。

「これ飛行鯰《なまず》の鱗だっけ？」

「鯰じゃない、飛影《トカゲ》だ。トカゲ」

「竜と何が違うんだろう？」

マリスヴォスは首を傾げたが、ジャンニは呆れるだけで応えず、黙々と敵を葬り去った。

本拠地に飛び込んだ騎士は全部で三十、敵はその倍以上いるが、元は個人で動いている傭兵が主体である。統制が取れているとはお世辞にも言えず、ただバラバラに仕掛けてくる攻撃を迎え撃てばよかった。

「逃げるって選択も出来るだろうに」

と、首の後ろを殴られて蹲《うずくま》る傭兵の背中を踏みつけてマリスヴォスが言う。

「逃げられると思うか？　囲まれてるんだぞ。戦うか投降するか、二つに一つだ」

「それもそうだけど。お気の毒だねえ、君たち。幾らで雇われたか知らないけど、誰と戦うかくらいはちゃんと見る目を持っておかなきゃこの先生き残れないよ？」

「シ、シルヴェストロ騎士団……？」

「ん？　そう。あ、団長を見かけたんだ？　もしかして、それでこっちに逃げて来た？　目立つよね、あの人」

足元から上がった声に笑いながら応えたマリスヴォスは、正面玄関から堂々と入って行った黄金竜を想像し、クックと笑った。

「さあて、さっさと片づけますか」

見渡す範囲に立っている者は自分とジャンニ以外にいない。倒れ伏す男たちが数十人、その中に騎士は一人もいない。騎士たちは、己の獲物を求めて戦いの場が重ならないように、移動しているのだ。

さっきまでは聞こえていた怒鳴り声や剣を交わす音はほとんど聞こえなくなっている。

戦いは収束に近づいていた。

フェイツランドが連れているのは三人の騎士だけ。彼らは屋内には珍しく、鎧《よろい》で体を固めていた。これは、少人数で突入する時に盾となり、自らの肉体を武器に替えて攻撃するのに有効だった。

そのためにフェイツランドほどではないが、劣らない体軀と力を持つ騎士が任に当たることが多い。

重い籠手には鋭い突起があり、これで殴っただけで致命傷を与えることが出来る。鎧の各部位にも刃物を薄く削ったものがつけられ、不用意に触れれば、それだけで命取りだ。

重装備だけに長期戦には向かない。本来は機敏な行動が要求される屋内でも使われることはほぼない。

だが、今回は騎士団長が一緒だ。敵を排除するのは騎士団長フェイツランド、騎士たちはただフェイツランドに刃が届くのを遮るだけでいい。

背中に翻る深紅のマント。騎士団旗と同じように黄金竜が描かれているこのマントを羽織る男が誰か、わからないものはシルヴェストロ周辺国にはいない。中央大陸全土に範囲を広げても、知らない人の方が少ない姿である。

輝く銅色の髪、爛々と光る黄金の瞳。口元に浮かぶのは戦場には不似合いな笑み。だが不敵に、自らの勝利を確信している顔を見れば、圧倒的な力の差の前に戦意を喪失してしまう者は多い。

正門の敵は敵ではなかった。裏口から突入した組が注意を引きつけていたのもあるが、声を上げさせることなく一撃のもとにすべて地に倒した。

正面玄関から入ってすぐにある広間に武器を携え集まっていた男たちは、不審者を発見するや否や飛び掛かって来たが、フェイツランドが大剣を一振りしただけで、数人が弾き飛ばされて壁に激突し、崩れ落ちた。

武器を構えたまま遠巻きに睨みつける相手を見ながら、フェイツランドはドンと剣先を床につけ、口端を上げた。

「――で、誰から相手をしてくれるんだ？　この俺の」

黄金竜、破壊王という声がざわめきのように広がるが、剣を下ろす手はない。

それを確認して、フェイツランドはゆっくりと屋敷の奥に向かって歩き出した。

「邪魔するなら、全力で叩き潰す」

それが引き金だった。

たった数人に対して、広間にいたのは二十人以上、そして別の部屋からも仲間が駆けつけて来たことに威勢を取り戻したのか、男たちは奇声を上げながら一斉に飛び掛かって来た。

フェイツランドに向かって背後から振り下ろされる斧《おの》を騎士の腕が弾き、蹴り飛ばすだけで相手の肋《あばら》が折れた。二階から弓で狙う敵にはすかさず飛剣が突き刺さる。

正面の敵は――フェイツランドの剣の前に悉《ことごと》く倒れた。

たった四人、その四人が最も堅牢に守られている主の部屋に辿り着くまでに倒した兵は百を超える。そして、フェイツランドたちの進路を遮ろうとする新たな敵は、もう屋敷のどこにもいなかった。

「マリスヴォスたちは終わったな」

扉の前を守っていた兵を排除したフェイツランドは、部屋の中から聞こえる怒声と慌てふためく声に、ふっと笑みを零した。

「さて、元凶を引き摺り出してこっちもさっさと終わらせるか」

右足をゆっくりと上げたフェイツランドは、勢いよく扉を蹴りつけた。

ダンッという激しい音がして、蝶番《ちょうつがい》が弾け飛び、一緒になって扉も内側に倒された。

逃げようとしていた数人の男女は、その勢いに呑《の》まれたように硬直し、侵入者を見つめた。

「よお、初めましてだな。今からお前たちをいい場所に案内してやるぜ」

「ど、どこに……」

まさか殺すのかと震える声で尋ねる老人に、フェイツランドは「まさか」と肩を竦めた。

「お前たちが望んだ場所だ。玉座だ、グリンネイド国王がそこで待っている。俺たちの仕事はそこまでだ」

本当はここで後腐れなくやっちまった方が楽なんだがな、と剣に触れながら付け加えるフェイツランドに、初老の女が気を失い、男たちの顔からも色が消える中、フェイツランドは一人の男の名を呼んだ。

「サンダーソン＝ネイド」

部屋の中には護衛を含めて八人の男女がいる。だが、肩を震わせたのは壮年の男が一人だった。

フェイツランドの目が光る。

「オービス＝エイドの伯父だったな、確か。生き別れの息子に王位を継がせるために、わざわざシルヴェストロに寄越してくれてありがとうよ。お前にはしっかりと礼をしなくちゃなあ？」

ゆっくりと、そして真っ直ぐにサンダーソン＝ネイドに近づき、息子、王位、とわざわざ単語を強調するフェイツランドの顔に笑みは浮かんでいるが、瞳は笑ってはいない。

抜身の剣を下げ、返り血を浴びた獰猛《どうもう》な竜を前に、既に意識を飛ばし掛けている男を横目に見ながら、護衛を拘束していた騎士たちは思った。ここまでの斬り合いは発散の手助けをするにはまるで足りず、

――団長、隠し子疑惑のこと、よほど腹に据えかねていたんだな、と。

ほぼ同時刻、郊外の屋敷はシルヴェストロ騎士団第二師団の二個部隊が、グリンネイド城寄りの四つの屋敷も国軍と騎士団が制圧し、グリンネイド国内における武力内紛は、大多数の国民が知らぬ間に半日を経たずして収束した。

逃亡する者も中にはいたが、制圧戦には参加せず周辺に潜入していた追手の手で、すべてが捕らえられ、首謀者一同は国王からの断罪の言葉を待つことになる。

広大な敷地の中に聳《そび》え、幾つもの部屋を持つシルヴェストロ城に比べると、グリンネイド城は遥かに小さな城だ。

「坊主なら何て言うだろうな」

「大きいですねってはしゃぎそうだね、坊やなら」

並んで歩きながらマリスヴォスはそれを想像して笑った。

首謀者を捕らえて国軍の総大将に渡したフェイツランドは、グリンネイド国王に招かれて城に赴いていた。

内乱の首謀者たちを一網打尽にしたから終わりというわけにいかないのが政治の難しさで、さっさとシルヴェストロに帰りたいフェイツランドの頭の中は、いかに話を早く切り上げるかでいっぱいだった。

「顔出しだけで済むんじゃないの？」

「一応はな。向こうからシルヴェストロ国騎士団に救援を要請した以上、労って終《しま》いの形を取る必要がある」

「大変だねえ、王様たちって」

「まったくだ」

今回に関しては、迷惑を被ったフェイツランドが当事者ということもあり、その意味でもグリンネイド国王はシルヴェストロ国というよりフェイツランド本人に頭が上がらないようだ。

護衛としてマリスヴォス一人だけをつけたフェイツランドが案内されたのは、二十五年前に調印式を行った謁見の場でもあった。その時のフェイツランドの立場はただの騎士だったが、王族ということもあり、同席を許されたのである。

それ以降も何度か駐留騎士としてグリンネイドには足を運んだが、国王や騎士団長になってからは、フェイツランド自身はグリンネイド国内に直接足を踏み入れたことはない。

先に室内にいて待っていたグリンネイド国王は、王族としての礼装ではなく騎士団の正装で現れたフェイツランドを見て、少し首を傾げ、

「もしやあの時の……」

と呟いた。

マリスヴォスが背後でこっそりと囁く。

「団長、何したのさ。二十年以上前なのに覚えられてるなんて」

知るもんかという返事の代わりに、マントの陰でマリスヴォスをつついたフェイツランドは、近づいて来た国王に軽く礼の形を取った。

「シルヴェストロ国騎士団長フェイツランド＝ハーイトバルトだ」

「グリンネイド国王グラチェスです。今回は我が国のためにご配慮いただき、ありがとうございました」

グリンネイド国王は自然な動作で頭を下げた。

身分で言えばグリンネイド国王の方が上だが、立場の上下は違う。それは、グリンネイドがシルヴェストロの庇護を受けているということもあるが、やはりどの国にも影響力を持つフェイツランドの名が大きい。

加えて、現グリンネイド国王は庶民としての生活も長く、学者肌の男だ。フェイツランドに対して腰

が低い理由もそこにある。

「ネイドスと近郊にいる連中は全員捕らえたはずだ。潜伏している者もいるかもしれないから、半個師団を残す」

残される師団の指揮官マリスヴォスは微笑みながら頷いた。

「異存はないな？」

「ございません。いつまでもお手を煩わせることになってしまい、申し訳ございません」

「第二師団は潜伏者を捕らえた後、調印式に参加するグリンネイド一行の護衛を任務とし、シルヴェストロ城に着いた時点で終了だ」

「了解です」

「畏《かしこ》まりました」

「この第二師団長マリスヴォス＝エシルシアが俺の代理だ。何かあればマリスヴォスに相談しろ」

「よろしくお願いいたします」


白髪の混じった頭を二人に向かって深く下げたグリンネイド国王は、顔を上げ穏やかに微笑んだ。

「昔、私はフェイツランド殿に救われたことがあるのですよ」

覚えがないフェイツランドは眉を上げ、続きを促した。

「私の即位を妬んだ身内に城内で襲われた時に、空から降って来た林檎が」

「林檎？」

素っ頓狂な声を上げたのはマリスヴォスだった。

「ええ、林檎なのです。グリンネイドが水晶以外で誇る甘い金色の林檎が、どうした弾みか襲撃者の足元に転がりまして、それで事なきを得ました」

林檎を踏みつけた襲撃者はその場に転倒し、駆けつけた護衛によって拘束された。去り際に、グリンネイド国王が振り返ると、銅色の髪が目立つ若者が林檎を拾っていた。

「調印式で見かけ、当時のシルヴェストロ国王に名を聞きました。フェイツランド＝ハーイトバルト、いずれシルヴェストロ国の王になる男だと教えてくださいました」

まさか十歳を過ぎたばかりの少年とは思えない体格と大人顔負けの堂々とした態度に、年齢を聞いて驚いたとグリンネイド国王は笑った。

その後、フェイツランドが所属する一隊は、件《くだん》の大雀蜂の詩人らとしばらくグリンネイドに駐留し、その間にオービスの母親が身籠った。

そして今がある。

「その林檎」

フェイツランドはゆっくりと言葉を紡いだ。

「箱にいっぱい、土産に貰ってもいいか？」

グリンネイド国王は大きく頷いた。

「団長」

城を出たマリスヴォスはご機嫌だった。頭の後ろで腕を組むにこやかな笑顔は、フェイツランドが思い描いているものと同じ顔を想像しているに違いない。

「とっても甘い林檎だから、きっと坊やも喜ぶね。滋養があるって言うし、病み上がり？　怪我上がりの坊やにはいいお薬になりそう」

両手に林檎を抱え、きらきらと目を輝かせ、

「ありがとうございます！」

そう言って喜ぶ姿が目に浮かぶ。

「……さて、帰るか。あっちで片づけなきゃならねえ仕事も残ってるしな」

愛《いと》しい人の待つシルヴェストロ国へと。

フェイツランドはグリンネイドに来て初めて、穏やかな笑みを浮かべた。

馬から飛び降りるなり、出迎えのエイプリルに体調の良し悪しを尋ねたフェイツランドは、すぐに目の前に引き出された騎士——元騎士三人を殴り飛ばした。

（うわっ……あれは痛いよ）

目の前で目撃したエイプリルは、思わず顔を顰めた。

フェイツランドの一撃を受けたのだ。本気で殴れば顔は陥没して即死間違いなしだから、手加減はしているのだろう。それでもかなりいい音がしたが、見物していた誰もがハッカーらに同情はしなかった。

「エイプリルに怪我をさせた。それだけで重罪に値する。本当は斬首にしたいところだが、ジュレッドに止められたから勘弁しておいてやる」

軍装を解かないまま仁王立ちして宣言されて、反論出来るほど胆力のある者はそう多くはない。

場所は騎士団の敷地内で、帰還した騎士や出迎えの騎士たちが大勢いる中での出来事だ。何が行われたのか知らなかった騎士も多く、その中でフェイツランドは彼らに問い掛けた。

「シルヴェストロ国騎士団の指標はなんだ？」

誰よりも強くあることだ、と声が揃う。

「重きは強さ、それから賢さだ。そこに身分の入る余地は一切ない。弱い貴族と強い平民、お前たちが戦場に出て命を預けることが出来るのはどっちだ？」

強い平民だ、と今度も声が揃う。

「身分？　そんなものこっちの首を狙う敵にとっちゃあ関係ねぇんだよ。身分が高ければ見逃して貰えるかもしれないなんて甘い考えは捨てろ。それが適用されるのは捕虜になった後だ。ただし、その場合も真っ先に慰み者にされる可能性は高いがな」

敵が憎むのは自分たちが戦う国の為政者だ。そこに連なる者は真っ先に剣を向けられ、凌辱《りょうじょく》の対象に変わる。

「戦場で生き延びるのに必要なのは自分自身の才覚と腕だけだ。誰かが盾や身代わりになる？　そんな甘っちょろい考えをもしも持っている奴がいれば、騎士団の徽章《きしょう》をそこに置いて今すぐ出て行け」

フェイツランドは剣の切っ先を三人に突きつけた。

ハッカーら三人は、連れて来られた時には手を縄で縛られていたが、今は解かれて逃げようと思えば逃げることは出来るのだが、縫い付けられたようにそこから動かない。

実際に見えない剣が靴と甲を貫いて刺さっているようだ。

その動けない彼らの前で、フェイツランドは予備動作も一切なく剣を振り上げた。大剣ではなく、腰に提げていた長剣の方だが、それでも破壊王フェイツランドが武器を持つだけで、緊張は高まる。

そのままヒュッと風を切る動作で剣が動いた後に落ちていたのは、三人の襟につけられていた徽章だった。

コロンと軽い音を立てて地面に転がる三つの徽章。

まだ取り上げられていなかったのかと事情を知るエイプリルは思ったが、この見せ場のためにつけたままにさせておいたのだとしたら、それはそれでかなり酷な仕打ちだったはずだ。

「ヒィッ……！」

何が起こったのか気づいていなかったハッカーの口から、掠れた声が漏れる。他の二人のうち、一人は腰を抜かして座り込み、もう一人は立ったまま失禁していた。ただし、それを笑う騎士はここには一人もいない。

恐怖からたまらず尻餅をついたハッカーを見下ろしたフェイツランドは、腰を屈《かが》めて片手で襟を摑むと、ハッカーの体半分を地面から持ち上げた。

「お前のしたことは騎士としてだけじゃなく、貴族としても最低の行いだ。多くの貴族がお前たちの愚かな行動を嫌悪している。同じ貴族と名乗るのも恥ずかしいとな。貴族院は即日決定したぞ。マッチネン、ヘイズ、ベンドールの家名は貴族名簿から抹消された」

フェイツランドは襟から手を離した。トンと突き放されたハッカーが転がる。

「お前たちはもう貴族じゃない。そして騎士でもない」

彼らの自尊心の拠《よ》り所《どころ》は木端微塵《こっぱみじん》に崩されてしまった。呆然《ぼうぜん》とフェイツランドを見上げる瞳には「なぜ？」「どうして？」と疑問が溢れていたが、誰も答えない。

フェイツランドもこれ以上会話をする気はないようで、立ったままだ。

代わりにというわけではないが、

「彼らの罪は」

言いながらフェイツランドの横に並んだノーラヒルデは、珍しく黒竜を連れていた。空を飛ぶのではなく、四つ足で歩く姿が珍しく、エイプリルの視線が自然と黒竜に向けられる。

「一般的に法に触れる罪を多く重ねたことだ。放火、強盗、傷害、詐欺、たかりなど罪状は多岐にわたる。それは司法の方に任せる。許せないのは、騎士の身分を免罪符にして来たことだ。彼らはたった三人で、シルヴェストロ国騎士団全体を貶めた。その罪は重い」

頷くものは多数。

「だから私は考えた。手ぬるい、と」

ざわざわという戸惑いのざわめきが漣《さざなみ》のように騎士たちの中に広がった。言葉にすれば嫌な予感がする、というところだろうか。

ノーラヒルデの琥珀色の瞳が、そんな騎士たちをゆっくりと見回した。

「今後は今まで以上に綱紀粛正に努める。給与昇級などの査定項目にもそれを多く盛り込んだ。騎士として自覚を持ち、清廉潔白な行動を常に心掛けておけば問題はない。もしも自らの行いに心当たりがある者がいれば、これが最後の機会だ。心を入れ替えて行いを正すように。――いいか、私は甘くはないぞ」

低い声に、地面に座り込んだまま放置されている三人以外の全騎士の背筋が伸びる。

エイプリルは品行方正とは言い難い隣の男をチラリと見上げた。

さすがノーラヒルデだと言っている姿からは、自分も観察対象に入っていると考えている様子はない。これは後で言い聞かせなければとエイプリルは、心の中に溜息を落としながら決心した。


同じようにノーラヒルデの中での品行方正の真逆にいる赤毛の青年の姿は、ここにはない。フェイツランドたちの仕事は終わったが、マリスヴォスたち第二師団には、グリンネイドから調印式のためにやって来る一行の護衛の任が振られ、そのためにまだ残っているのだ。

(帰って来たらマリスヴォスさんには真っ先に教えなくちゃ)

彼の日頃の行いからすれば、たとえ特別手当が増えても、査定によってかなりの額が減給となりそうでさすがに気の毒になったからだ。

それにしてもと、久しぶりに見るノーラヒルデの凛《りん》とした姿にエイプリルは感心した。ノーラヒルデもグリンネイドには向かわずに城に残っていたのだが、黒竜をあちこちに飛ばして連携を取りながら、騎士団の仕事と城から回される仕事の両方をする奮迅の働きで、今まで姿を見る機会がなかったのだ。

少し顔色が悪いのは忙しかったせいだが、ただでさえ迫力がある美人のノーラヒルデに加わった凄味《すごみ》は、脅しとしても牽制《けんせい》としても十分過ぎるほどの効果を騎士たちに与えた。

ぼーっとノーラヒルデを眺めていると、フェイツランドに袖を引かれた。早くこの場を離れたいというフェイツランドに言われるまま、エイプリルは久しぶりに第一宿舎に戻った。

不在の間の掃除は、城から派遣された専任の侍従が行っており、清潔さが保たれていたのは嬉しい。

「後でプリシラを連れて来なくちゃ」

フェイツランドたちが帰って来ると聞いて出迎えに出たエイプリルは、荷物も何もかもを寝泊りしていた貴賓室に置きっ放しにしていた。出て来る前に少し遊んで、その後すぐに寝る姿勢に入った一角兎はしばらくは目を覚まさないだろう。

部屋に入ったフェイツランドは、まず重いマントや剣、剣帯などを外してゴトゴトと床に落とした。

「……もう、いつも言ってるじゃないですか。せめて椅子に掛けるかどうかしましょうよって……っ」

剣帯を拾い上げるため腰を屈めていたエイプリルは、真後ろから抱き込まれて思わず「ぐっ」という声を漏らした。

「だ、団長、手！　力を緩めて！　お腹が苦しい……！」

「あ、悪い」

謝罪は口にしたフェイツランドだが、緩めた腕は腹から外れることはなく、真っ直ぐに立たせたエイプリルを背後から抱き締めて、頭の上に自分の顎を乗せた。

「なんだかこうしているのは久しぶりだな」

「そうかも」

「ずっと生活がすれ違っていただろう？　俺がグリンネイドに行く前も、お前が寝込んだり」

「団長がお城から帰って来なかったり」

頭の上でフェイツランドが笑った気配がした。

「お前と、こうして抱き合うのも久しぶりだな」

「うん。……抱き合ってないけど」

今度ははっきりと笑い声が聞こえ、すぐ目の前に、エイプリルはくるりと反転させされた。行軍で汗と埃《ほこり》に汚れたフェイツランドの胸がある。

いつもなら先にこざっぱりしてくださいと言うところだが、今日はそれよりもこうしてくっついてる方がよかった。

「珍しく大人しいな。もしかして、まだ具合が悪いのか？　ジュレッドにはあまり長い時間仕事はさせるなと言っていたんだが……後であいつも締めるか」

「あ、それは大丈夫。心配しないで。ジュレッド陛下は気を遣ってくれました。それに書類仕事が多いから、自由にさせて貰ったし」

「そうか？　奴を庇《かば》うこたァねえからな。お前の具合が悪くなったら全部ジュレッドのせいにすると、グリンネイドに行く前に宣言しておいたんだ」

「あの、それは幾らなんでも可哀そうですよ、ジュレッド陛下が」

「あいつにはそれくらい圧力掛けててちょうどいいんだよ」

フェイツランドは一度エイプリルの体を離すと、顔を近づけてこめかみに口づけた。

「ただいま」

「お帰りなさい、だん……フェイツランド」

よく出来ましたともう一度、反対側のこめかみに口づけられる。

エイプリルを見下ろす金色の瞳からは、先ほど見せたような激しい色は失《う》せ、今はただ労《いた》わるように柔らかく微笑んでいた。

「――グリンネイドでな、マリスヴォスに言われた」

「なんてですか？」

「坊や不足だね、とさ。まあ俺も自覚はあったから別に否定はしなかったが、こうしてお前を目の前にすると、本当に不足していたのがよくわかる」

唇は顔のいたるところに触れた。触れられる箇所から熱が広がって、エイプリルは瞼を閉じたのだが、

「……それは俺に食えと言っているのか？」

苦笑交じりの声が聞こえた時にはもう、体は抱えられて寝台に乗り上げていた。

さすがに頭を打った後だけに、放り投げるような真似はしなかったが、掛布団の上に軽く跳ねた体はすぐに沈み、フェイツランドの顔が真上から見下ろしていた。

「頭のことがあるからな、今日はこの上だ」

「この上って……掛布団の上？」

「羽がたっぷりだから柔らかくて気持ちいいだろう？」

「駄目！　それは絶対に駄目！　羽布団ですよ？　この中には羽がたっぷり入ってるんですよ？　汚れてしまったら洗えないじゃないですか！」

エイプリルは断然抗議した。シルヴェストロに来てよかったと思うものの一つが、この羽毛布団だ。羊の数が多いルインでは、羽毛よりも羊毛の方が主流で、それはそれで気持ちいいのだが柔らかさという点では羽毛に負ける。

体を柔らかく包んでくれる布団はエイプリルのお気に入りで、替えがすぐに届けられると言っても、汚してせっかくの「ふわふわ」を損ねたくない。

「……お前な、この状態で言うのはそれか？」

「だって！」

「わかったわかった。掛布団の上は止める」

渋々と一度寝転がった体を起こしたフェイツランドは、掛布団を寝台の足元側にくるくると丸めるという不思議な置き方をして、服を脱ぎ始めた。

今から抱くぞという気が満々の男は、まだ夕方前

だというのをわかっていない。いや、わかっていても欲望を優先したのだろう。

窓にはカーテンが掛けられているが、窓自体は開いている。寝室の扉を閉めても、声は外に聞こえるかもしれない。

（でも……）

僕も欲しいと思ってる——。

腕に抱かれた瞬間に体に走ったのは喜びだ。無事に帰って来たことへの喜び、そして自分を真っ先に求めてくれることへの喜び。

一緒に行けなかった分、いつもなら感じないことを感じてしまう。

「エイプリル」

思考から戻って顔を上げれば、もう全裸になったフェイツランドがいた。

惜しげもなく晒《さら》された逞しい男の裸体の中で、勃ち上がって望みを主張する雄芯。フェイツランドの分身は、誰よりも欲望に忠実だった。

赤褐色の体毛よりももっと濃い色のそれは、持てば熱く固いことを知っている。握れば軽く震え、滴《しずく》を零すことも知っている。

全部エイプリルが自分で経験したことだ。

「エイプリル」

近づいて来たフェイツランドの手がエイプリルの服に手を掛けても、もう抵抗はしなかった。

——抵抗はしなかったのだが、

「……もっ……終わって……っ！」

流石に四回目ともなるとエイプリルの息も上がる。寝台に腹這いになり、尻を高く上げてフェイツランドを後孔に飲み込んだまま、エイプリルは懇願した。尻に添えられた手のひらから伝わる熱、背中は自分とフェイツランドの零した汗で濡れている。

薄い金髪は茶色に変わって額に張りつき、両手はぎゅっと敷布を握る。

「まだだ……まだ足りねえ……」

グイッと上を突かれて、エイプリルの喉から小さな悲鳴が漏れる。

服を脱がされたエイプリルは全身に愛撫を受けながら、枕を腹の下に入れてうつ伏せで背後からフェイツランドを受け入れた。それが一回目。二回目は、寝台に上半身だけ伏せて立ったまま、貫かれた。力強い抽挿に内臓が飛び出そうだった。次も同じ体勢で抜かずにそのままして、四回目がまたうつ伏せ。

エイプリルの後頭部を気遣っているのはわかる。

(でも)

これればかりは嫌だった。五回目もする気満々のフェイツランドと違い、エイプリルの方はもうそろそろ限界が近づいている。

(だったら、僕からお願いしてもいいよね)

背後から攻められながら、エイプリルは思い切って首を後ろに回して快楽を一心に追うフェイツランドに言った。

「フェイ、フェイツランド、僕、顔を見てしたい。抱き合ったって感じたい……」

だからという続きを言う前に、エイプリルの体は後ろからぐいと引き上げられていた。

「顔を見ていたいのか?」

「うん……だって僕だけ見えないのはずるい」

「頭は?」

「大丈夫」

「あまり揺らしたくないんだがな」

「今更だと思う、それ」

「じゃあこれだ」

フェイツランドは寝台の上に座ると、自分の膝の上にエイプリルを乗せた。体面座位である。

「これなら顔が見えるだろう?」

「うん、見えるよ」

「エイプリル、お前から口づけてくれ」

「うん……」

そっと顔を近づけ、首を傾げて薄く開かれた唇に自分の唇を重ねた。重ねた瞬間に、フェイツランドの手が緩んだ後ろの穴を探るように動き、エイプリルはビクンと体を跳ねさせた。

「ここに、入れる。俺の太いのを、お前に食わせる」

うんと頷きながらエイプリルは自然に腰を上げていた。両方の手でフェイツランドのものを摑んで扱くと少しまた固くなった気がした。

エイプリルはフェイツランドに抱き着くようにして乗り上げ、それからゆっくりと腰を下ろした。ぬるりとした先端が会陰《えいん》を掠め、ぶるりと震えた。

自分から入れるのは初めてではないが、昼間のはっきり見える時間にするのは初めてで、それが少しいつもと違う興奮を呼んでいたように思う。

「ほら、ここだ」

フェイツランドが導くようにエイプリルの尻を摑んでゆっくりと下ろさせる。

「んっ……」

ぬぷりという音がして、先端は抵抗なくエイプリルの中に飲み込まれた。そのまま息を吐いて腰を落とすと、フェイツランドの陰毛が当たり、全部収まったのを知る。

「中にいるね、あなたが」

「ああ。お前の中がいいってさ」

笑い合った二人はそのまま何度も口づけを交わし、それが終わる頃にはフェイツランドが力強く腰を動かし始めた。

「俺の首でも何でも、しっかり摑まっていろ」

うんという返事をするには揺さぶりが大き過ぎて、エイプリルは黙って抱き着いて耳たぶに歯を立てた。

くすりと笑ったような声が聞こえ、余裕のある態度にもう一度噛みつく。

「可愛いぜ、エイプリル」

フェイツランドの腰の動きは一層激しくなり、

「……クッ」

フェイツランドが中に吐き出すと同時にエイプリルも昇り詰め、二人の腹の間に精液を飛び散らせた。

ぐったりとしたエイプリルの頭を肩に乗せて抱いたまま、フェイツランドは優しく背中をかき抱いた。

「——爪痕、残してくれてありがとうな」

しがみつかれた時に立てられた爪の跡が背中に幾つも赤い筋を残しているはずだ。

情事の証としては定番のそれも、またフェイツランドには愛しいものだった。

「土産を貰って来た」

「……お土産？」

熱い息がフェイツランドの耳に届けられる。

「ああ。お前が好きそうなやつだ。あとで見せてやる……寝たのか？」

つい今まで起きていたのにと苦笑するも、仕方ないとエイプリルの体を寝台に横たえる。

疲労も浮かんではいるが、それよりも幸せそうなエイプリルの顔を眺めながらフェイツランドは、呟いた。

「ただいま」


半月が過ぎた頃、懐かしい顔がシルヴェストロ国王城に戻って来た。

「マリスヴォスさん！」

「坊やーっ！　会いたかったよーっ！」

グリンネイド国から調印式の一行の護衛をしていた第二師団の騎士たちは、無事にグリンネイド国王一行が城に入るのを見届けると、その場で解散となった。

解散と言っても、指揮官は報告書など提出する仕事が残っていてすぐにはお役御免にならないのが辛いところだが、自分の「巣」に帰って来られたというそれだけで、心も体もうきうきとするもののようだ。

「羽を伸ばし過ぎるなよ」

このひと月、マリスヴォスの起こす騒動と縁がなかったノーラヒルデには釘を刺されていたが、それくらいで大人しくなる若者ではない。

「大丈夫！　ちょっと馴染みの店に顔を出して、俺が帰って来たことを教えるだけだから、一晩……えぇと三晩くらいあれば大丈夫かな？」

「マリスヴォス……。一晩で私の平穏を壊すつもりか？」

「副長ってば心配し過ぎ。ね、坊やもそう思うでしょう？」

エイプリルは笑うしかなかった。

後遺症も出なかったため、簡単な稽古に復帰はしているのだが、激しい動きや汗をかくことを前提にした訓練は、大事を取ってまだ休ませて貰っている。その代わり、騎士として貢献出来るよう、本部でノーラヒルデの手伝いをしているのだ。

フェイツランドには、

「休んでいいって言われてるんだから休めばいいじゃねえか」

と言われてはいるのだが、働かざる者食うべからずが家訓のルイン国王子に、働かないという選択肢はない。

日頃迷惑を掛けているフェイツランドの代わりに少しでも自分がなれればという非常に慎ましい勤務態度は、ノーラヒルデには何よりも有難いものだった。

有言実行。副長ノーラヒルデが稽古に出る回数が格段に増えたからだ。それまでは本部の執務室がノーラヒルデの居場所と誰もが口を揃えて言うほど外に出なかったのが、綱紀粛正を宣言した以上、自らの目で見ると午後の半分、または午前の半分を騎士たちの鍛錬の場で過ごすようになった。

と言っても、力の差は圧倒的なため、ノーラヒルデが直接剣を持って稽古に当たることはない。この点はフェイツランドと同じである。

ただ、戦場でない限り気さくなフェイツランドに比べると、真面目な副長にじっと観察されるだけで、緊張が走る——と、騎士団に戻って来たヤーゴが教えてくれた。

ヤーゴが正式に休暇を終えて騎士団に復帰したのは、フェイツランドたちがグリンネイドから帰って来る少し前だったらしい。

らしいというのは、それをエイプリルが知らされたのは、休暇の延長届と道場の被害届を持ったヤーゴが本部を訪れたのを見つけたからで、

「ヤーゴ君！」

これがなければまだしばらくヤーゴはエイプリルの前に顔を出すつもりはなかったようだ。

エイプリルの怪我は自分のせい、自分がさっさとハッカー＝マッチネンたちと決着をつけるか、上層部に相談していれば避けられたことだと、それはもう顔色を蒼白《そうはく》にして告白された。

そして、言われた言葉はエイプリルを喜ばせた。

「だから、だな。その、俺とまだ、と、友達でいてくれ」

横を向くヤーゴの耳から下は真っ赤で、照れ恥ずかしくなったエイプリルも同じように真っ赤な顔になる。

「ぼ、僕の方こそ、よろしくお願いします」

もじもじと向かい合って、顔だけ逸らして立つ二人の横ではマリスヴォスが「若いねえ」と朗らかに

笑い、もう一人の男は仏頂面ではあったが、一応は黙認してくれていた。

「ヤーゴ君も団長も、みんな悪くないです。たぶん、オービスさんも悪い人じゃないと思うし」

悪いのは旧《ふる》い体質にしがみつき、過去を夢見てそこから離れられなくなってしまった人たち。

グリンネイドの旧王族たちだけでなく、彼等に唆されたシルヴェストロ国の貴族たちも同じだ。

あわよくば、武闘派の国王ジュレッドを廃し、貴族志向の強いオービスを据えれば、武門重視にはなるまいと。

貴族たちのことは、国王とフェイツランドが対処していて、まだ紛糾中だが間もなく黙るだろうとフェイツランドは笑った。

その笑いの向かう先が何であるのか、エイプリルはあえて聞かなかった。

シルヴェストロ国がシルヴェストロ国であるために必要なことがあるのだとしたら、それにルイン国王子である自分は口を出す権利はないのだと。


「――ここが王族のお墓」

エイプリルはフェイツランドに連れられ、城内の奥深くにある墓所に立っていた。

シルヴェストロ城内の深い森の奥、頑丈な門と柵で区切られたそこに、歴代の王族が眠る墓が並んでいた。

「一応王族だからな、大雀蜂の詩人の墓もここにある」

大きいのから小さいのまで様々なのは、個人の趣味であって蔑《ないがし》ろにしたとかそういう理由ではないとフェイツランドは教えてくれた。

二人の視線の少し先にある墓の前には、癖のある赤い髪の若者が神妙な顔つきで立っている。

調印式にやって来たグリンネイド国王に、

「お前の父親はフェイツランド殿ではなく別のシルヴェストロ王族だ」

と告げられたオービス＝エイドである。

最初は絶対に信じなかったオービスだが、取り寄せた肖像画——癖のある赤毛で笑う男と並べば、フェイツランドとどちらが自分に似ているのかは一目瞭然だった。

それまでの自信と勢いが嘘のように消沈したオービスを、国王の許可を得て墓所まで引っ張って来たのはフェイツランドだった。

「その首飾りは俺がお前の母親だった女に渡したものだ」

オービスが手に巻きつけている王家の紋章が入った首飾り、これはオービスが自分の偽の出自を伯父に聞かされた時から、肌身離さず持っていたものだ。

「お前の母親は運が悪かったんだ。親戚筋に恵まれていなかったと言ってもいい。内紛の混乱で逃げる途中の馬車がならず者に襲われたのも、助け出された後で身を寄せた親類の家で政略結婚を強要されたのもそうだ。首飾りは、逃げるつもりだった女に俺が渡した。売って生活費にしろと。だが、売らなかったんだなそれを」

大雀蜂の詩人とオービスの母親が、最初の救出時以降も頻繁に密会を重ねていたのだとしたら、金銭的な補助は大雀蜂から受けていただろうし、余計なことだったかもしれないと、その時は思っていたのだが。

結局、逃げることもせず、政略結婚の話も消えてしまったことから想像するに、既にこの時には腹の中に子がいたのだろう。その後、別の貴族と結婚することにはなったのだが——。

「……母はずっと身につけていた。この首飾りがあるから自分は生きている。これはお前の命の源だと」

だからこの首飾りの主が本当の父親だと信じたし、母親も訂正はしなかったのだと言う。

「まあ、ある意味では正しいかもしれないな。お前の母親を救ったのは俺、お前が生まれたのは母親が生き伸びて、そこの大雀蜂に会ったからと考えれば、そこに行きつく」

紛らわしいがな、とフェイツランドは苦笑した。

「俺じゃないが、お前の血統がシルヴェストロの王族に繋がっているのは確かだ」

「俺は、あなたを父と呼びたかった」

振り返ったオービスの茶色の瞳には、一時期見られた浮かれた熱のようなものはなく、ただ、憧れを持ってフェイツランドを見ていた。

「それは勘弁だな。そんな大きな息子はいらねえし、家庭内不和の元だ」

な、と肩を抱かれたエイプリルは素直に頷いた。

「――しばらくここにいてもいいだろうか？」

「好きにしな。ジュレッドには許可を貰っている。出る時には墓守に言え」

「ありがとう――父上」

だから俺は父親じゃねえ……と笑うフェイツランドに促され、エイプリルは墓所を後にした。

森を抜けるとすぐに城が見え、エイプリルは長い息を吐いた。

「やっと終わりましたね」

「ああ、終わったな。大したことじゃないのに、重なるだけ重なりやがって、そっちの方に腹が立ったぞ俺は」

「グリンネイドの人たちにとっては大したことだったんだから、そんなこと言わない方がいいと思う」

「俺にとって一番大事なのはお前をどれだけ可愛がることが出来るかだから、価値観の相違だな。お前の次が騎士団で、次がシルヴェストロ国、その次辺りにジュレッドを入れてやらんこともない。あ、プリシラを入れるなら、騎士団以下は繰り下がりだ」

「……もう……それ、他の人の前で言わないでくださいね。みなさん、団長にすごく憧れてるんだから、憧れの人にそんなこと言われたら落ち込みますよ」

「それくらい突き放したところでへこたれるような奴らじゃねえよ」

ほら、とフェイツランドが指差す方角を見れば、馬に乗ったままのマリスヴォスが、片手に布のようなものを持って髪を靡《なび》かせて走って来る。

「どうしたんですか、マリスヴォスさん！」

「助けて！　団長、坊や助けて！」

後ろを見れば、黒竜がマリスヴォスの後をすごい勢いで走っているのが見えた。

「飛べば早いのに」

四肢を使って走っているのだから、そこまで本気じゃないのではとのんびりと思っていたエイプリルの横に駆け込んで来た馬は、そのままエイプリルを掬《すく》って走り去った。

「はっ？　おいッ！　マリスヴォス！　エイプリルを返せッ！」

目の前で攫われたフェイツランドが髪を逆立てて怒鳴るが、マリスヴォスの馬が止まる気配はない。

「マ、マリスヴォスさん、なに、して追い掛け、られてる、んですか」

横抱きにされたまま、何とか言葉を紡いだエイプリルに返って来たのは、

「坊やは盾！　オレの盾になって！　副長もヴィスも坊やがいたら絶対にオレにひどくしないから！」

だからそのひどくするって、

(何をノーラヒルデさんにひどくしたら竜をけしかけられることになるんですか……)

尋ねたいが、逃げるのに必死のマリスヴォスは応える余裕もなさそうだ。

すぐ後ろからはすごい勢いでフェイツランドが馬を走らせている。

「マリスヴォスッ！」

黒竜も負けじと足を速める。


女装という一言が切っ掛けだったと知ったのは、全員が騎士団本部の廊下に正座させられた後だった。

緋の系譜

グリンネイドとの調印式が滞りなく済み、やっとシルヴェストロ国王城内及び騎士団にも、いつもの日常が戻って来た。

そう、つまるところ今回の騒動はシルヴェストロ国の善良なる一般国民には何ら関与せず、国の上層部だけのやり取りで完結してしまっている。

関わった当人たちにすれば、

「はぁ？　あの書類の山、まだまだ残ってるんだぜ？　これからが本番だろ」

と嘆く国王に、

「騎士団内部だけの綱紀粛正《こうきしゅくせい》では手緩《ぬる》いな。貴族会の方にも念のため手を回しておくか」

と、規約の手直しに余念のない騎士団副長など、後始末の方が大変な人たちがいる。

一方で、

「ちょっと、団長！　いつまでだらけてるんですか！　もうお昼ですよ。さっさと起きて動いて、真面目に稽古に出て下さい。ノーラヒルデさんからも、しばらくはしっかり稽古に出て睨《にら》みを利かせてろって言われてたでしょう？」

「遠征疲れなんだよ、大目に見ろって。もう俺も歳だからな、体力が戻るには時間が掛かるんだ」

と、戻って来た日常を満喫する騎士団長が一人。

寝台ではなく、長椅子に大きな体を横たえて、手足を伸ばして寝そべる男を見下ろすエイプリルは、ふんと腰に手を当てた。

「団長がお歳なのはどうでもいいですけど、言われたことを守らなかったって知られたら、ノーラヒルデさんからすごく叱られると思うんですけど」

「……おい坊主、そこは否定するところだろ？」

「そこって？　まさか、叱られないとでも思ってるんですか!?」

付き合いがまだ短い自分にもわかるのにと目を丸くしたエイプリルに、フェイツランドは思い切り渋面を作った。

「違う！　俺の歳がどうとかっていうことだ。そこは、団長はまだまだ十分お若いですっていうべきだろうが」

「え？　だって団長が僕より二十も上なのは確かだし、叔父上と変わらな……」

言い終わる前にエイプリルの腕はぐいと引かれ、フェイツランドの胸に倒れ込んでしまう。

「エイプリル、お前わかってないな」

「僕は団長がわかりません。一体、何に不機嫌になってるのか、口にしてくれなきゃわからないですよ。あ」

そこでエイプリルは、逞《たくま》しい胸に手をついて体を少し離し、空色の瞳でキッと相手を睨みつけた。

「それで思い出しました」

「何をだ？」

「オービスさんのことです」

「オービス？　なんで奴《やつ》の話がまだ出るんだ？」

「オービスさんが隠し子だって話、どうして教えてくれなかったのかなって。お城にずっと行ってたのも、オービスさんが来てたからでしょう？　でも、僕はそのことを全然知らなかった。もしも偶然会わなかったら、いろいろなことがわからないまま終わってたかもしれないと思ったら、ちょっと悔しくなりました」

前国王フェイツランド＝ハーイトバルトの御落胤《ごらくいん》という、シルヴェストロ国には爆弾にもなりかねない理由を持って乗り込んで来たグリンネイド貴族の若者は、調印式後にグリンネイド国王と共に国に一旦帰って行った。

そう、一旦なのだ。どうもシルヴェストロ国での短い滞在の間に、自分の中に眠る血統がシルヴェストロ国に合っていると感じたらしく、残留を希望していたのである。その結果、時期を置いて文官見習いで留学の形でなら受け入れを許可しようという内密の取り交わしが、国王二人の間でなされていた。

フェイツランドの実子ではなかったが、シルヴェストロ国王族の血を引くのは確かなので、また妙なことに利用されないよう国内に置いて見張っていた方がいいという意見が多く出され、それに騎士団も国王ジュレッドも異を唱えなかったからだ。

異を唱えなかったのは、

「どっちでもいいけどな」

「何かあればまた潰すだけだ」

という身も蓋もないどうでもよさからだったのは、その呟《つぶや》きを聞いた数名しか知らないことである。

ただ、それらすべてはグリンネイドの内紛が内々で完結したからこそ言えることで、もしもシルヴェストロ国内で真実オービスを持ち上げる声が多く上がれば、さすがに国王も無視は出来なかったに違いない。

「たぶん、その牽制《けんせい》の意味もあって団長がお城に行っていたと思うんだけど」

ハッカーらの雑談を聞いた限り、貴族の中では早い段階でフェイツランドの子供だという話が広がっていたということになる。

それを、

「……僕、団長のこ、こいびとですよね？　知らなくていいんですか？　そういうのって」

抗議する瞳は睨んでいるが、真っ赤な顔がすべてを裏切っていた。恋人という単語一つを発するのにも、まだまだ初心《うぶ》なエイプリルには高い敷居なのだ。

それをこの自意識が高く、尊大な男に直接言おうものなら、

「お前……くそっ！」

「あ」

たちまちのうちに捕らえられてしまうのは必然。

せっかく取った距離もまたなくなってしまう。

「だんちょ、くるしっ……」

しかも、首に回された腕はきつく、顔はぎゅうぎゅうと胸に押しつけられるのだから、堪《たま》らない。

「我慢しろ。お前が可愛《かわい》いこと言うのが悪い」

（なにそれ、自分は悪くなくて僕のせい？）

文句を言いたいが、顔中が押しつけられているのでうまく唇を動かせない。

（僕、このまま息が出来なくなってしまうんじゃ……）

とにかくフェイツランドの腕の力はすごいのだ。エイプリルだと持ち上げるのもやっとな大剣を振りまわす腕の力は、加減したとしても相当なもの。潰さないように配慮しているのはわかるのだが、さすがに少し辛くなったエイプリルは、自由になる手で足や腰など触れるところを叩いて抗議した。

それでもまだしばらくは抱きかかえたまま、長椅子の上で悶《もだ》えていたフェイツランドは、やっと顔を上げさせたエイプリルの真っ赤な顔を見て、ニヤニヤと楽しげな笑みを浮かべている。

「顔、真っ赤だぞ」

「誰のせいですか。息が出来なくて大変だったんだから！」

「んじゃあ、息継ぎだ」

文句を言った口は、すぐにフェイツランドに塞がれてしまう。

（これは息継ぎじゃない！　余計に息が……）

吹き込まれるはずの息はなく、これからもしや昼日中から体を重ねることになるのではと危惧したエイプリルだったが、フェイツランドの方は言葉通り、軽く唇を合わせて舐め、何度か啄《ついば》んだ後、ほんのおまけ程度の息を吹き込んですぐに顔を離してくれた。

そしてフェイツランドは、

自分の唇に指を当て、

「甘い」

と呟いた。

「あ、たぶんそれお菓子のせいです。団長がグリンネイドから貰《もら》って来た金色の林檎《りんご》があったでしょう？　あれを食堂に持って行ったらおいしいお菓子作ってくれたんです。それで」

朝食後に料理人から貰った菓子を摘《つま》みながら部屋の片付けをしていたせいだろう。一人で食べるには量があり過ぎるので、午後は知人に配って回ろうと思っている。

「団長も食べますか？」

「あ、俺はもういい。味見したからな。お前が全部食っていいぞ」

「味見って……」

そう言うのは味見というのだろうかと首を傾《かし》げたエイプリルは、その件に関して問い質すのを止めた。

下手に何か口にすれば、またよからぬ――でも少し嫌じゃないことをされるかもしれないからだ。それよりも、まだ苦情に対する答えを聞いていない。

誤魔化されないぞ、話をはぐらかされたりしないぞと凛々《りり》しく表情を引き締めるエイプリルを見て、フェイツランドは苦笑しながら体を起こした。

「別にやましいことがあったわけじゃねえよ。ただ、そういうのはあんまり外聞がいい話じゃねえだろ？　俺としてはさっさとオービスを追い返して、いつも通りの楽な生活をしたかったんだ。だがまあ、思ったよりもオービスにつられた貴族が多くてな」

「国王派とオービス派ですか？」

ハッカーらが話していた。

「そういうことだ。どこにでも乗せられる権力志向の強い奴が真っ先にオービスについた。ついたっても、媚《こび》を売るとかそんなんじゃなく、それとなく取り入ろうとしてたってところだな」

「でも、その時点ではオービスさんが団長の子供だって確実じゃなかったんでしょう？」

それなのに、あやふやな情報で迂闊《うかつ》な動きをするものだろうかと不思議そうに首を傾げたエイプリルの髪を、フェイツランドの手がくしゃくしゃと撫《な》でた。

「それを確実だと思わせるように仕向けるのが、オービス以外の役目だ。事前に根回ししてたみたいだぜ。オービスがシルヴェストロ王族の血を引くのは間違いない。それだけで、国王候補になる権利はある。マリスヴォスが調べたら、水晶の取引を餌にいろいろと出るわ、出るわ。ま、俺やジュレッドだけじゃなく、代々のシルヴェストロ国王は頭使うより手を使った方が早くて確実だって言われてるからな、武門に縁がない連中には上にのぼる機会だと思われたんだろう」

ばかばかしいとフェイツランドは笑う。

「もしもだ、仮にオービスが国王になったとしても、翌日には首が代わってるだろうよ」

それは文字通り、玉座に座っているのが別の人物になっていることを示す。その際のオービスの生死は問題ではない。

「例外的にオービスが国王になったとしても、後ろ盾のグリンネイドは遠い、シルヴェストロ国内の貴族に力はない。政変が起こるのは確実だ。今現在安定しているのに、わざわざ事を起こす必要がどこにある？　なあ」

確かにそうだとエイプリルは頷《うなず》いた。

シルヴェストロ国は武門の国。武力が物を言う国なのだ。頭脳だけではなく、圧倒的な力で統治する能力が国王に求められている。

「オービスには城から出るなと言っていたたし、俺が張りついていた。頭の悪い貴族たちに余計なちょっかいを掛けられちゃあ、面倒だからな」

ただ、その見張りの隙をついて騎士団にまで行かれたのは落ち度だったとフェイツランドは言う。

「まあ、俺も若い頃はいろいろ遊んだが、これだけは断言できる。子供が出来るようなへまはしちゃいねえ」

「……それ、ジュレッド陛下も仰《おつしや》ってました。あの抜け目のない親父《おやじ》が後々揉める元を作るようなへまするもんかって」

褒め言葉だったんだろうな、とその時は思ったが、実際に褒め言葉なのだろう。フェイツランドの顔は、その通りとなぜか威張っている。

「僕も別に疑ってたわけじゃないんです。ほんのちょっとしか」

ちょっとは疑ったのかよと、フェイツランドが苦笑する。

「ただ、もしも嘘《うそ》だったとしても本当だったとしても、教えておいて欲しかったなって思いました。後から聞かされた時に、なんだかすごく悔しかった」

寂しいとか悲しいではなく、自分だけが外に置かれたような疎外感。今回に限っては、自分一人だけではなく、マリスヴォスとノーラヒルデ以外の騎士団員全員に対しても同じような対応が取られていたのと、ルイン国の時ほどの緊急性がないため、怒りに変わることはなかったが、

「シルヴェストロの大事な機密だったら我慢します。だからその時は教えられないって言ってください。黙って隠し事される方が嫌です」

今回の騒動でエイプリルが出した結論はそれだった。結果として自分は怪我をして巻き込まれ、騒動の末端で協力することにはなったが、そうなる前に教えられるものなら教えて欲しい——と。

「俺には前科があるからな」

不安にさせちまったかなとフェイツランドは、エイプリルの目の下を指先でなぞった。

「俺を嫌いになるなよ」

嫌いになんかなりません。

言葉の代わりにエイプリルは、自分からフェイツランドに口づけた。場所は額だったのが少々不満だったようだが、ささやかなそれは十分にフェイツランドを機嫌よくさせた。

音を立ててお返しをしたフェイツランドは、大きく伸びをした。

「これでやっと自堕落な……自由な暮らしに戻れると思ったら安心するな。真剣にお前が不足して爆発しそうだった」

「自堕落って……。言い直しても無駄です」

ほら、とエイプリルはフェイツランドの腕を引っ張った。

「グリンネイドから帰って来て、もう十分にお休みは取ったでしょう？　そろそろ動かないと、体がなまっちゃいますよ」

稽古にはたまに顔を出しているが、相変わらず剣を握ることのない男なので、少々心配になる。

「体の管理まで含めて騎士って言うんだぜ。それに運動なら、お前と一緒に夜にすればいいからな」

「……それは僕にとっての過剰な運動になりかねないので、頻繁には無理ですからね」

一応、言い返すことを覚えたエイプリルは、このままだといけないとフェイツランドから距離を取った。

台の上に置いていた紙袋の中の数を確認し、十分だと思ったエイプリルはそれを抱え、未《いま》だに椅子から動かないフェイツランドに言った。

「僕、今からこのお菓子を配って来ます。団長はちゃんと稽古に出てくださいね」

正式な稽古への復帰はもう二、三日後になる予定のエイプリルは、貰ったばかりの菓子を世話になった人たちに持って行こうと考えていた。

自分一人で独占して食べる魅力は大きいが、誰かにも同じ美味しさを味わって貰いたいと思うくらい、菓子の出来はよかったのだ。

しかし、宿舎を出たエイプリルの横には威圧感を撒《ま》き散らす男がピタリとついている。

「俺も行く」

暇なら稽古に行けば……と言い掛けて、エイプリルは止めた。言い出したら絶対に聞かないのだ。

部屋の中でごろごろされるよりは、まだこうして動いて貰った方がいいと頭の中を切り替えたとも言う。

さすがに昼の休憩時間帯を過ぎているせいで、敷地内を歩く騎士はまばらだ。たまにすれ違う騎士たちは、

「団長だ」

「団長、お久しぶりです」

などと気軽に声を掛けている。こういう雰囲気を見ていると、騎士団の中で貴族の一部と平民の間でぎくしゃくした関係があったとは思えないほど、和やかだ。

「貴族推薦枠って言うのがあってな、引退した貴族騎士が自分の後任に一人推薦出来る枠があるんだ。階級を譲るわけじゃなく、一から鍛える平騎士なんだが、そこに縁故者を入れる慣例みたいなもんだ」

普通は問題ない。騎士の矜持に則って、信頼に足りると思う力のある騎士を推薦するのが常だったからだ。

ただ時々、どうしようもない人材が出て来ることもある。それが今回の騒動の一端を担ったハッカー＝マッチネンのような腕前はぎりぎりだが、性質的に難のある騎士が出て来てしまった。

元々はそこまでではなかったのだろうが、騎士団に入ったことで高慢さに拍車が掛かった。

「ノーラヒルデさん、頭が痛いって言ってました。

いっそ副長権限で、騎士にそぐわないと思われる人は全員退団させたいくらいだって。でも」

エイプリルは隣をチラリと見た。

「でもそうしたら、まっさきに団長を退団させなきゃいけなくなりそうだから、自制してるって」

爆発的な笑いが隣から聞こえた。もちろん、大笑いの声の主はフェイツランドである。

「ノーラヒルデらしい」

「笑いごとじゃないですよ。もしもノーラヒルデさんが本気になったら、団長だってどうなるかわからないです」

フェイツランドだけでない。ノーラヒルデの頭痛の双璧の一つ、マリスヴォスも危うい。始末書を書かされている常連は、気を付けていた方がいいだろう。

人格的には問題はないが、行動に問題があるのが問題だと、深い溜息をついて憂いていた秀麗な顔を覚えているだけに、ノーラヒルデには同情を禁じ得ない。問題行動が多いのが、揃いも揃って実力者揃いなのが手を付けられない。

「あんまりノーラヒルデさんに迷惑かけないでくださいね。僕に掛けられるのはまだ僕一人だからいいけど、ノーラヒルデさんはすごく忙しい方なんだから」

「善処はしよう」

「絶対ですよ。ノーラヒルデさんが騎士団辞めるって言い出したら、責任持って全員で引き留めてくださいね」

「わかったわかった」

頭の後ろで腕を組み、のんびり歩く男の顔に真剣さが見られず、エイプリルは困ったように肩を竦めた。

実際にノーラヒルデが騎士団を辞めることはないだろうと思っていても、万一ということもある。あまりにも図に乗っている騎士たちには、一度家出ならぬ騎士団出をして貰ってもいいかもしれないと、ほんの少しだけ不穏なことを考えていたエイプリルは、

「そういや、プリシラどこ行った？　部屋にはいなかっただろ？」

隣からの質問に「散歩です」と応えた。

「珍しく起きてうろうろしてたから、すぐそこの芝生のところで遊ばせていたんです。ほら……あれ？」

途中でプリシラを拾って行こうと思っていたエイプリルは、指をあげたまま固まった。

「プリシラがいない……？」

芝生の上にちんまりと丸くなって眠っているか、草を食べているか、のろのろと動き回っているかしているだろうと思われた一角兎の姿は、緑の芝生の上のどこにもなかった。

代わりに見えたのは黒い塊で、

「あ！」

エイプリルは目を見開いた。そして、次の瞬間には駆け出していた。

「プリシラ！　プリシラが食べられちゃう！」

黒い塊が動いてくれたおかげで見えたのは、飼い主としては到底認められないような出来事だった。

黒い塊――黒竜の前脚が灰茶のふわふわの毛を押さえつけ、今にも牙を剝《む》きそうな顔で笑っていた。

少なくともエイプリルには、可愛がっているプリシラが食べられようとしている光景にしか見えなかった。

「あ、おい！　待て」

慌てたフェイツランドが後ろから叫んでいるのが聞こえたが、エイプリルの耳には聞こえない。

そのまま黒竜に体当たりして、プリシラを救おう。

そう考えていたエイプリルだったのだが、エイプリルが来ることなど姿が見えた時から予測済みの黒

竜は、押さえていた前脚を離すとプリシラの首根っこを咥《くわ》え、ひょいと体をずらした。

当然そこに飛びこんだエイプリルは、勢い余って芝生の上に転んでしまう。その時に、紙袋を大事に抱えたままだったのは、さすが食べ物を大事にする国、ルイン国第二王子と言えるだろう。あまり自慢出来たものではないが。

「い、痛い……」

「だから待てと言っただろうが」

追いついたフェイツランドに笑いながら引き起こされたエイプリルは、黒竜の口からぶらんと下がるプリシラを見て小さく悲鳴を上げ——かけた口をあんぐりと開けたまま固まった。

「……もしかして寝てる？」

「もしかしなくても寝てるな」

「もう……もうちょっと危機感持とうよ、プリシラ……」

こんなに心配したのに、当人——当獣は暢気《のんき》にいつものように眠っている。

エイプリルは黒竜の前で膝をつくと、両の手のひらを差し出した。かぷっと黒竜の口が開き、一角兎が手の中に落ちて来る。

ぽたりという音を立てる温かい塊に、エイプリルはほっと息を吐き出した。いつものプリシラだ。

「ええと、クラヴィスさんだったかな？　プリシラと遊んでくれてたの？　それとも守っててくれたのかわからないけど、ありがとう。見ていてくれて」

食われると思った時には「非道な竜」だと思ったが、勘違いも甚だしい自分に気付いたエイプリルは素直に謝罪した。

その様子を見ながらフェイツランドは首を傾げた。

「どうしてヴィスに、さん、なんて敬称つけるんだ？　そいつはただの竜だぞ。呼び捨てでいいだろうが」

抗議するように黒竜の長い尾がバンバンと数回芝

生を打ち鳴らす。

「それは失礼ですよ、団長。だって、竜なんですよ。僕、いるのは知ってたけど、シルヴェストロに来るまでは見たこともなかったんです。すごく珍しいです」

魔獣や幻獣も多く生息すると言われるシルヴェストロ国では珍しくないかもしれないが、一般的には竜はかなり稀少だと言える。竜や竜種は幻獣にも名を連ね有名ではあるが、目にする機会は一生の中で一度あるかないかだ。

「コノレプスも珍しい魔獣だがな」

エイプリルは笑った。確かに一角兎も珍しい魔獣なのかもしれないが、どうみても愛玩兎のプリシラと、威厳を備えている目の前の黒竜を一緒にしてしまっては、失礼だと思ったのだ。

「なんとなく、かな。この黒竜はクラヴィスさんって呼んだ方がいいような気がして」

ほう、とフェイツランドの目が細められ、黒竜が少し自慢するように首と羽を伸ばす。

「まあ呼び方は好きにすればいい。悪いことをした時には遠慮なく殴る……よりも、ノーラヒルデに告げ口した方がいいから覚えておけ」

嫌そうに黒竜が羽をバサバサ動かしているが、フェイツランドは「鬱陶しい」の一言で無視をした。

だがエイプリルは、その黒竜を見てハッと思いついた。

「クラヴィスさんがもしいいなら、これをノーラヒルデさんに持って行って貰えると嬉しいんだけど」

フェイツランドに預けていた紙袋の口を開いて中の菓子を見せると、黒竜は首を上下に動かした。

「林檎の甘いお菓子、もしよろしければどうぞ……って伝えてって言ってもわからないかな」

「持って行かせただけでわかるだろ。なあ、ヴィス」

黒竜は何度も頷くが、目は袋の中に釘づけだ。もしかすると甘い菓子が好物なのかもしれない。

ノーラヒルデと黒竜、それにもしかしたらいるかもしれないもう一人の副長の分と余分を数個、持っていた新しい布に包んだエイプリルは、それをそのまま黒竜の首に掛けた。

光輝く黒水晶の鱗《うろこ》には不似合いな格好をフェイツランドが笑っているが、無視である。

自分で本部まで持って行くのが一番いいのだが、一番最初に向かうのは国王の元だと決めていた。菓子だけ先に届けて、後から顔を出すことでフェイツランドとは話をしていたのだ。

黒竜はすぐに羽を広げて飛び立った。

「食い意地が張ってるなあ」

それに関しては何も言えない自覚があるエイプリルは、いそいそと飼い主の元に向かった黒竜の姿を見て、笑うだけに留めた。

フェイツランドが同行しているためというよりは、フェイツランドの同伴者ということでエイプリルはすんなりと城の中に通された。

先日まで貴賓室に長期滞在していたルイン王子のエイプリルでも、中に入るにはやはり許可が必要なのだ。

そして、私室から再び執務室に仕事の場を戻した国王は、普段通りだった。普段通り、忙しく手と頭と口を動かしていた。

「そっちの書類の決裁はまだ保留だ。資料が揃うまでは認可しない。こっちも資料不十分で突き返せ。あ？　嘆願書だぁ？　寝言は寝て言えッ」

最後の嘆願書は、ポイッと手を振って放り飛ばす。自分の足元に飛んで来たそれを拾ったエイプリルは、ちらりと見えた文章に眉根を寄せた。

「貴族救済嘆願書？」

「おうよ。この間の一件で降格になったり、領地没収になったりした貴族がいるだろう？　奴らの友人知人親戚からの嘆願書だ。ほんの少し血迷っただけだから恩赦が欲しい。誰にも被害が出ていないのだから、これまでの貢献に従って許しを――ってな」

「これまでの貢献ってなんですか？」

エイプリルが隣を見れば、とっくに椅子に座っていたフェイツランドは、エイプリルにも座るように勧めながら肩を竦めていた。

「正確にはこれまでの貢献、領地からの税収だな。そしてこっちが本題で、これからの貢献、つまり賄賂を渡すので許して欲しいと言って来ているんだろ」

「賄賂……」

それは貧しいルイン国ではほとんど聞かれない言葉だが、資産豊かなシルヴェストロ国では普通に罷《まか》り通っていそうだ。

が、

「そんなことあるか」

「国王に対して賄賂を贈るのは懲罰対象だ」

前国王、現国王は揃って否定する。

「商人や貴族の間では融通利かせるためにある程度の賄賂は使われているがな、国の役人や国王は絶対に受け取っちゃあいけねえんだよ。親父の時にはそれで何人だっけ？」

「三十四人」

「それだけの貴族が降格された。ちなみに、親父の所業が効いたせいで俺に賄賂を持って来る勇気のある奴はまだ一人もいない」

何が嬉しいのか、国王は山積みの書類の前で胸を張った。

「俺の威光が効いている証拠だ」

「親の威光が効いてるうちに自分で威光を作り上げろよ、ガキ」

すかさず付け加えるフェイツランドの涼しい台詞に、国王は「むむ」と口をへの字に曲げた。

「……親父、今度勝負しろや。書類仕事ばっかりで体がなまってんだ」

「おう。いつでもいいぞ。ついでにノーラヒルデも呼んでおいてやる。稽古場の床掃除をしてお前が来るのを待ってるぜ」

国王が転ばされるのが前提の挑発。フェイツランドの口元は不敵に笑みを作り、対する国王の笑みは若干引き攣っていたように見えた。

そんな二人のやり取りに、エイプリルはクスクスと笑いを零した。

「本当に……お二人って親子なんですね。今回のことで本当にそう思いました」

「おい、エイプリル。俺とジュレッドは」

「わかってます。義理の父親と息子だって言うんでしょ。でも、やってることも言うことも、本当に似てるから。オービスさんには悪いけど、団長とジュレッド陛下が並んでいるのを見てたら、絶対に団長の子供じゃないって思いました。遠くに離れて暮らしていたとかそんなのじゃなくて、もっと濃いものが」

例えば生き方や考え方。

二人の中を巡る赤い血脈は、まさに同じものを彼らに等しく与え、それが育って今の彼らがあるのだ。

エイプリルは思う。恐らく、フェイツランドの前の国王も、そのまた前の国王も、シルヴェストロ国の歴代の国王にはそんなものが延々と受け継がれて来たのではないだろうかと。

力が強いものが国王になる。

その力は、文官の貴族たちが言う武力一辺倒ではなく、精神的な力、絶対的な覇王としての力ではないだろうか。

シルヴェストロ王族の中に眠るそれの有無で、王位が決まるのなら、オービスには絶対に無理だと他国の自分にもわかった。

もしかしたら今後、オービスにもその片鱗《へんりん》は出て来るかもしれないが、現国王がいる限り玉座とは限りなく縁がないだろう。
しかも、とエイプリルは隣で紙袋に手を突っ込む男の横顔を見る。
(団長がいるんだから、出る幕はないよね)
金色の林檎で作った黄金にも見える飴色の菓子を、しげしげと眺め吟味する男に思う。
緋《ひ》色のマントを靡《なび》かせて立つ黄金竜のいる国、それがシルヴェストロ国だ。

あとがき

こんにちは。朝霞月子《あさかつきこ》です。一年ぶりに彼らが帰って参りました。「空を抱《いだ》く黄金竜」の続編を書かせていただけると聞いた時には、いつかはとこっそりと胸に野望を抱いていたので「こんなに早く！」という思いもあって、びっくりすると同時に、「（正統派）騎士団物語はやっぱりいいよね、うんうん」と一人何度も頷いたり。

後半で怒涛の展開を見せた戦舞台《いくさ》が目を引いた前回と違い、今回はどちらかというと内政や人間関係に重点が置かれており、シルヴェストロ国騎士団の一癖も二癖もある騎士たちの獅子《しし》奮迅《ふんじん》の活躍を期待されていた方には、少々物足りない部分があるかもしれませんが、多少なりともエイプリルの成長を感じ取っていただければと思います。

エイプリルの話と団長たち城サイドの話が並行して進みながら、その実交わっているというので、実際に主役二人が一緒にいた場面というのは少ないのですが、その分、一緒にいる時にはいちゃいちゃしていただきました。団長がこれでもかという位甘やかしてデレているのは、愛ゆえ！　です。

そして、今回の影の主役は何と言ってもプリシラでしょう。彼女しかいない！　と言っても過言ではありません。前作あとがきに「プリシラに乗って空を飛ぶ」という夢の話を書いた時に、いつかは大きくなったプリシラに乗るエイプリルの話を書きたいと思っていたので、ここぞとばかりに書かせていただきました。

一角兎の知られざる能力、彼ら一族に伝わる秘伝の温泉へのご招待です。夢の中を自分の意思で飛ぶことが出来る稀少な能力、決して眠ってばかりいるわけではないのですよ、と少しだけ主張して貰《もら》いました。プリシラは人間でいえば幼児くらいの子供なので、無意識のうちにエイプリルを連れて行った可能性が高いですね。そしてそれをしっかりと察知した元魔獣の王。彼、クラヴィスについてはまたいずれかで登場して語る機会があるかと思います。ノーラヒルデの下僕《げぼく》という言葉に間違いはございません。

本作は初稿が遅れ、挿絵のひたき先生にも非常にご迷惑をおかけいたしました。素敵なイラストは毎回とても楽しみなので、今度はもっとたくさんいろいろな人やシーンを書いていただけるよう、余裕を持って頑張《がんば》りたいと思います。

出版社の皆様、それから関係各所の皆様、タイトな日程の中、予定通り本を出していただけてとても感謝しています。

前作あとがきのおまけのクエスチョン「月神《つきがみ》の騎士団長リー・ロンと血縁関係にあるのは誰か？」の解答。　↓　シルヴェストロ国騎士団副長のノーラヒルデです。琥珀《こはく》色の瞳《ひとみ》と栗色の髪、剣技の腕前や強さから彼一択で！　リー・ロンの目元の黒子《ほくろ》、ノーラヒルデの口元の黒子もお揃いのチャームポイントです。

LYNX ROMANCE

小説原稿募集

リンクスロマンスではオリジナル作品の原稿を随時募集いたします。

募集作品

リンクスロマンスの読者を対象にした商業誌未発表のオリジナル作品。
（商業誌未発表のオリジナル作品であれば、同人誌・サイト発表作も受付可）

募集要項

＜応募資格＞

年齢・性別・プロ・アマ問いません。

＜原稿枚数＞

４５文字 ×１７行（１枚）の縦書き原稿、２００枚以上２４０枚以内。
※印刷形式は自由。ただしＡ４用紙を使用のこと。
※手書き、感熱紙不可。
※原稿には必ずノンブル（通し番号）を入れてください。

＜応募上の注意＞

◆原稿の１枚目には、作品のタイトル、ペンネーム、住所、氏名、年齢、電話番号、メールアドレス、投稿（掲載）歴を添付してください。
◆２枚目には、作品のあらすじ（４００字～８００字程度）を添付してください。
◆未完の作品（続きものなど）、他誌との二重投稿作品は受付不可です。
◆原稿は返却いたしませんので、必要な方はコピー等の控えをお取りください。
◆１作品につき、ひとつの封筒でご応募ください。

＜採用のお知らせ＞

◆採用の場合のみ、原稿到着後６カ月以内に編集部よりご連絡いたします。
◆優れた作品は、リンクスロマンスより発行させていただきます。
原稿料は、当社既定の印税でのお支払いになります。
◆選考に関するお電話やメールでのお問い合わせはご遠慮ください。

宛先

〒151-0051
東京都渋谷区千駄ヶ谷４−９−７
株式会社　幻冬舎コミックス
「リンクスロマンス　小説原稿募集」係

LYNX ROMANCE

イラストレーター募集

リンクスロマンスでは、イラストレーターを随時募集いたします。

リンクスロマンスから任意の作品を選び、作品に合わせた
模写ではないオリジナルのイラスト（下記各1点以上）を描いてご応募ください。
モノクロイラストは、新書の挿絵箇所以外でも構いませんので、
好きなシーンを選んで描いてください。

1 表紙用カラーイラスト

2 モノクロイラスト（人物全身・背景の入ったもの）

3 モノクロイラスト（人物アップ）

4 モノクロイラスト（キス・Hシーン）

募集要項

＜応募資格＞

年齢・性別・プロ・アマ問いません。

＜原稿のサイズおよび形式＞

◆Ａ４またはＢ４サイズの市販の原稿用紙を使用してください。
◆データ原稿の場合は、Photoshop（Ver.5.0 以降）形式でＣＤ－Ｒに保存し、
出力見本をつけてご応募ください。

＜応募上の注意＞

◆応募イラストの元としたリンクスロマンスのタイトル、
あなたの住所、氏名、ペンネーム、年齢、電話番号、メールアドレス、
投稿歴、受賞歴を記載した紙を添付してください（書式自由）。
◆作品返却を希望する場合は、応募封筒の表に「返却希望」と明記し、
返却希望先の住所・氏名を記入して
返送分の切手を貼った返信用封筒を同封してください。

＜採用のお知らせ＞

◆採用の場合のみ、６カ月以内に編集部よりご連絡いたします。
◆選考に関するお電話やメールでのお問い合わせはご遠慮ください。

宛先

〒151-0051 東京都渋谷区千駄ヶ谷４－９－７
株式会社　幻冬舎コミックス
「リンクスロマンス　イラストレーター募集」係

この本を読んでの
ご意見・ご感想を
お寄せ下さい。

〒151-0051
東京都渋谷区千駄ヶ谷4-9-7
(株)幻冬舎コミックス　リンクス編集部
「朝霞《あさか》月子《つきこ》先生」係／「ひたき先生」係

リンクス ロマンス

緋を纏う黄金竜

2015年7月31日　第1刷発行

著者……………朝霞《あさか》月子《つきこ》
発行人…………石原正康
発行元…………株式会社　幻冬舎コミックス
〒151-0051　東京都渋谷区千駄ヶ谷4-9-7
TEL 03-5411-6431（編集）
発売元…………株式会社　幻冬舎
〒151-0051　東京都渋谷区千駄ヶ谷4-9-7
TEL 03-5411-6222（営業）
振替00120-8-767643
印刷・製本所…株式会社　光邦
検印廃止

ISBN978-4-344-83489-7 C0293
Printed in Japan

幻冬舎コミックスホームページ　http://www.gentosha-comics.net